打赤膊的日子

許其正◎著

新版的話

五月九日接獲高雄文學館兩個轉告訊息，要我前往該館作文學演講，時間是七月二十三日。這時間定得很巧，那天我應該是在美國俄亥俄州Toledo大學任教的我的兒子那邊，等八月底九月初參加第三十一屆世界詩人大會後回來。經與該館主辦人磋商後，日期延至十一月二十六日，同時敲定講題為「田園鄉土，富比世」。此外，該館又列我為駐館作家，還要購買我的書，用以獎勵最先到場的二十位聽眾，要我指定書名。為配合講題，我請該館向出版社洽購《走過牛車路》。沒想到出版社已無存書，該出版社又不擬再版；在該館提議下，我乃向在秀威資訊科技的楊宗翰求助。這本書的新版出版就這樣上路了。

這本書寫的是我早年在南台灣鄉間生活、成長的點點滴滴，為所寫《履痕筆記》系列中的一部分，是很鄉土、很田園、很大自然、很尋根的散文，原來於一九九三年由漢藝色研出版。到底什麼時候賣光了，我一直不知道；如果沒有這次高雄文學館找我演講，它可能就被埋在暗無天日的地下，永遠不見天日了。為了它的重見天日，我決定更改書名為「打赤膊的日子」，並親自予以重新電腦打字，作部分增刪修改，希望能讓它煥然一新，更完美無缺。不過時空還是沒變，還是存留在當時當地，維持原汁原味。

感謝漢藝色研「同意放棄出版權，交回原作者自行處理出版事宜」，也感謝秀威資訊科技願意接手出版，更感謝高雄文學館把這本書從不見天日的所在挖出來。

二〇一一・六・十九於新莊

原序

這裡有六十五篇作品，就獻給你了。

它們是我所寫「履痕筆記」中的一部分，寫得最早的是一九七八年四月四日在新生副刊發表的〈拾泥鰍〉，最遲的是一九八七年十一月八日在台灣晚報「大度山」副刊發表的〈觀水蛙神〉。全書是以寫作發表的先後，依序排印下來的。出版社為了「傳真」，花了近三年時間找插圖，用心良苦，也可見其認真程度之一斑了。

我的舊居在屏東縣潮州鎮南郊一個不到十戶人家的小農村，名叫廍邊。那裡既然是農村，自然可以想像得到，我和泥土是很親的；尤其是在那個世代，尤其是我家不是富有的農家，更不用說。不管是到田地裡工作，是到牧場放牛，是在那裡奔跑、嬉戲，我那時的生活，任何一點一滴都是和泥土、大自然分不開的。這早年的經驗給予我很大的影響。它們雖然已經過去；但是卻無時無刻不奔流在我的血脈中，無時無刻不在我的記憶深處發光發酵，逼令我不得不予寫記下來。我已經出版的七本作品中，每一本都或多或少可以見到，尤其《綠蔭深處》更是寫我在那邊住了一個月的當時現況和回憶，本書則不限時地，只要有所觸發，便予筆記下來。

那麼，你必定可以想像得到，這本書必然是很鄉土的，很田園的，很屬於大自然的，並且很尋根的。

假如你是和我同輩，你會在書中和以前的事物相遇相親，並且自然而然地將現況和以前作一思索或比較。假如你是年輕的一輩，你會在這裡看到許多你沒看到過的事物。也許你會說那是骨董，因為它們慢慢在消失；其實，那也不必然是。不過，不管你的年紀如何，你的生活背景如何，想你會發現，我所寫的，有好些像在世外桃源才能碰到。至少我現在重讀它們時，就有這種感覺。但那是否是編造的？不是！它們都是真真實實的，一點不假。那是我親眼目睹、親身經驗過的。我是腳踏實地，「走過牛車路」過來的。我不像某些自稱的田園作家、大自然愛好者或所謂生態保育者，一邊翻看著工具書一邊拿筆寫。這裡所寫，說它們是尼采所謂他最喜愛的「以血寫成的」作品，應是一點不錯。

既然寫的是鄉土，既然寫的是以前，我自然用了好些台語、俚語、諺語。我一向主張，既然寫成文章，一定要讓讀者讀得懂，能夠了解欣賞，引起共鳴；所以在調和國語及台語上，我花了相當大的斟酌工夫，務期傳情而又不違原意。其實，就現階段來說，全世界的文化本來就有趨於統一之勢，而同時也必須尊重並鼓勵發展地方性或本土性；同樣的，在文學語言方面本來也要在統一中，尊重並鼓勵鄉土方言的運用。一項重要的原則是，我們要努力以赴，設法予以調和得當，共創佳績。在這方面，我相信我拿捏得相當得當。希望你能夠滿意！

「履痕筆記」是一系列作品，從我小時——即台灣光復時寫起，一直寫到……，要寫出我的所見所聞所感；或許可以作為這個時代的見證。「履痕」不就是我們走過的路上所留下的我們的腳印嗎？意思非常清楚呀！我會繼續不斷寫記下去。請祝福我，讓我寫得記得真確、成功！

一九九三年七月七日

打赤膊的日子／目次

拾泥鰍

拾泥鰍的日子已經去遠了。

拾泥鰍的情景已不復現了。

是在農藥未被普遍使用的日子裡。是在農地未被耕種得喘不過氣來的日子裡。

那時，二期稻子收割後，是幾乎不種雜糧的。

每當雨季過了或快春耕了，父親總牽了水牛，扛了犁，往田裡走，不放水就先把地犁翻，給曬太陽，吸收氧氣，恢復地利。——其實每家也都如此。

那時泥鰍多。牠們在雨季裡儘量繁殖，儘量活動；但雨季一過，水一乾，牠們沒好活動，便在泥土中，就地闢出一個小洞，在那裡冬眠。

冬眠是大自然中一件很奇妙的事。只有冷血動物才冬眠。據說在極冷的地方，把一隻在冬眠中的土撥鼠抓來，給頭身分家，牠仍不會醒轉來，給接上去，放回原處，待牠從冬眠中醒來，仍是一隻活蹦亂跳的土撥鼠。

父親在前面，使喚著水牛，拉著犁犁地，我們小孩子便跟在後面撿拾泥鰍。

水牛拉著犁前行，一塊塊泥塊應著犁被犁翻了。冬眠中的泥鰍出現了。牠們躲在小洞裡。小洞恰可容身迴旋。洞壁亮麗，堅硬而柔滑。是牠們旋身時，用身體和身上黏滑的黏液製作出來的。

我們撿拾著。偶爾也撿拾到別的，例如鱔魚、青蛙等，都是冬眠的動物。

我們撿拾著。一隻隻泥鰍是一塊塊瑰寶，一簇簇喜悅。那時泥鰍多，沒幾步便可撿拾一隻。撿拾起來，往盛器一放，牠們便從冬眠中醒轉來，蹦蹦跳跳地，蹦跳起一簇簇喜悅。

漸漸地，撿拾者的盛器被漲滿了，撿拾者的心也被漲滿了。

一隻隻泥鰍，大小長短一如人手的中指，渾圓而飽滿，大多有卵，撿拾帶回家後，油炒了最好吃，一口一尾，連皮連肉帶骨咬嚼，香而酥，軟而脆，油而不膩，吃得齒頰留香，美味無窮。

只可惜，那樣的日子已經過去了，那樣的喜悅再往哪裡尋找？那樣的滋味尚可得嚐乎？科學的進步將如何？時代的銳變又將如何？

喜悅的滋味

「啊——」

隨著抽水機抽出水來，我在心中大叫著。那是一種無法形容不可言喻的喜悅。

每到乾季，極度的乾旱，總令抽水機辛苦萬分——由於地下水位的降低，按下抽水機按鈕，發動引擎後，總要空車發動好久——快則半小時，慢則一個小時——才抽得出水來。

那是一種長久的令人心煩心焦得頭髮要變白的等待：

——就像一個大難題，苦思焦慮，久久不得解決，欲尋一良法予以解決而不可得……。

——就像一件重大事件，雖經長久的奮鬥，不斷的努力，卻一直沒法達成……。

我等著，一會兒去看引擎會不會因發動太久沒水抽出而太燙，一會兒把耳朵貼近水管去聽管中水的動靜，一會兒給水管灌水，心焦得如熱鍋上的螞蟻，不停地亂爬，又如有著十五個吊桶，七上八下……。

真沒想到，小時候地下水會自動冒出來，現在卻只有雨季時少數的地下井會冒出一些，時間又短，到旱季用抽水機竟抽不出水來。是地下水位降低了。是一架架抽水機日夜不停地抽水，把地下水抽得水位降低了，是科學發達，時代蛻變了……。

而終於水被抽出來了。

「啊——」我在心中大叫狂叫著。

有一股喜悅，如一把銳利的劍，從下方直衝上我的心裡，刺入我的心窩。

這是喜悅的滋味，清新、鮮活、銳利而靈敏！

——是久等的情人前來赴約了。

——是久旱之後，落下一場及時雨了。

——是久懸的難題解決了。

——是久待的成功來臨了。

夜合花

在一個很美的黃昏，偶然有一個人走過，我聞到了一股撲鼻的花香，卻見不到花的影子，大概是他給放在口袋裡吧！

「什麼人帶了什麼花，那麼香？」我漫問著，不特定問的對象。

他竟回說：「我。夜合花。」

聽到他這麼說，我便立刻跌進了童年那個深深的谿谷裡，童年時大夥採夜合花的情景立刻鮮明地顯現在我的眼前……。

總是在黃昏，尤其是夏秋的黃昏，不管是陰，是晴，是風，是雨，那條由我家通往那一棵夜合花的泥土小徑，便響起許多腳步聲，還有，許多對話，是大人的，是小孩的，是男的，是女的：

「快！快去採！」

「快去採！不然要被採光了。」

聲音急切，短促，親密，在小徑上，向著那棵夜合花的方向而去……。

那一棵夜合花，比一個普通大人還高，整棵樹如一個橢圓形的長石柱，中部較寬大，上下兩端尖削而去，滿樹的綠葉，滿樹的花朵。花朵就雜生在綠葉間，如一個個圓錐形小燈泡，噴灑出無限的花香，帶著濃濃的鄉土氣味，在空間飄浮，激發人們的嗅覺。每個黃昏，大家便急急步行來採這些花朵……。

「好香呀！」

「啊，這裡有一朵！」

「這裡又有一朵！」

「我採到了。好好呀！」

話聲是高亢的，激昂的，興奮的，嘹亮的，繞著那一棵夜合花樹迴轉不止，一圈又一圈，一層又一層，和花香相混和，相激盪……。

是的呀！有那麼香的花朵，誰不想去採，去擁有？採著了，擁有了，誰會不興奮異常？……有一朵放在自己的口袋裡，便被鼓舞得心口直跳，覺得有無限的驕傲，時時想在人前炫耀一番……。

然後，小徑又響起了腳步聲，響起了對話：

「你採了幾朵？」

「三朵。」

「你採了幾朵？」

「兩朵。」

「啊，好香呀！」

是真的好香呀！任誰採了，他到哪裡，花香便到哪裡，即使放在口袋裡，外面看不見，它仍然像小燈泡，把花香如燈光的閃射，到處飄浮，無孔不入，激發著人們的嗅覺……。

而現在，雖然童年時大夥採夜合花的情景已經遠去，但仍鮮明地顯現在我的眼前。

年節　年節

做粿

時光不停地流過，偷偷地溜走；在不知不覺間，一年差不多過完了。很快就要過年了。年景漸漸顯現。過了尾牙，沒幾天，人們便開始做粿，過年的氣氛便更濃了。

先是用石磨把米磨成米漿。

石磨由上下兩塊磨石合成。下面那塊磨石固定在距地面約半人高的地方，較大，外圍彫以磨溝，中為圓形，和上面那塊磨石同形同大小，中央部分裝以突起的木軸，上面那塊磨石則彫上正可容突起木軸的圓洞，並加磨眼，釘上磨耳。

推動石磨的人操縱的是一個三角形的鈎架。鈎架靠人這邊是一根橫桿，兩端綁上繩索，懸掛在屋頂，向那端聚集過去的也是兩根木桿或鐵桿，加上一個鐵鈎，鈎住磨耳，便可把上面那塊磨石推拉得團團轉了。推拉那塊磨石磨東西是相當吃重的，因為它是重的，尤其由小孩子來做，沒幾下便手酸臂軟了。更不容易的是把米類和水放進磨眼。試想，上面那塊磨石被推拉得飛快地旋轉不停，非有快捷的手法，純熟的技術，如何能把米類和水準確地尋隙放進那麼一個小小的磨眼，一無差錯？

就這樣，一個旋轉上面的磨石，一個從磨眼放進米類和水，米漿便從兩塊磨石之間滲流了出來，沿著磨溝從磨嘴滴落而下。正對著那裡，放一個竹器或其他盛器，內盛灰燼，上蓋布巾，使米漿正好滴落進裡面。等磨好，米漿滴盡，便用另一條布巾蓋上，再鋪上灰燼。灰燼是用以吸水的。等米漿的水被吸盡，成了硬塊，便可做粿了。做好粿，放進蒸籠裡蒸，是甜粿，是紅龜，是發粿，是鹹粿……各種樣式，各種花紋，除鹹粿外，俱是滋味甜美，顏色則大多是紅的，討吉利也，發粿則是黃的，發得粿的上方尖突而裂開，冀其發也！

這是以前的情形，現在做粿已不那麼麻煩了，有專門製作的人做了賣。是用機器製作的。是叫甚麼電磨磨的米漿。要吃粿，去買就是了。

科學是進步了。人力是儉省了。這在許多方面是好的。工業時代，人人忙碌非常，哪有時間去慢慢磨米漿，做粿，蒸粿？只是不那樣，向製作的人買，卻少了些什麼，是親切吧？是年的氣氛吧？

唉，我不禁要懷念那些由自己家人做粿的豐富而親切的日子了。

大掃除

「今天大掃除！」父親發著令，還特別強調著：

「快過年了。要掃得特別乾淨！」

於是，大家七手八腳掃起來了。

掃屋外庭院的，拿著的是竹掃把，因為所掃的以樹枝、樹葉較多；有時也拿鋤頭或鐵耙，不外是除去草或灌木，或弄走大堆的稻草或落葉。

屋內廳房方面，先用一端綁了掃帚、稻草或灌木的竹竿，去清刷屋頂或牆壁上的蜘蛛網或污穢，用抹布擦窗戶，再拿掃帚掃地板，用簸箕或糞斗盛裝垃圾倒掉，用水沖洗窗框、門板、床板……。

此外，當然也得把桌、椅、鍋、鼎、碗、筷、湯匙、蓆子、被單等等，搬出來大事清洗一番。這也是大掃除的工作之一，不可少的。

這時，其實差不多家家都如此。

我永遠忘不了那些年月裡我的工作：拿竹掃把掃庭院，有時也加上拿鋤頭或鐵耙。

在鄉下，差不多每個人家的庭院都很大。我家的庭院自不例外。平日，每天起床後，我要掃屋前灰埕，也要掃屋側道路和屋後庭園；雖然只掃比較「開化」的地方，但也是相當費時吃重了。好在鄉下人家，每天晚上睡得早，早上起得也早，掃完後還相當早，不會趕不上上學或工作。正好當成一種運動。到過年前，打掃工作可就更多了，範圍更廣了，連平日不掃的竹林、籬笆和稻草墩附近，都要掃得一乾二淨，也要稍微把草和灌木用鋤頭除一除。最難掃的應數稻草墩和竹林附近了。那些散落的稻草和枯黃的竹葉，有些因好久沒掃了，曠時日久，堆成了一大堆，受日曬雨淋，霉濕腐爛，蟲蟻遍生，臭氣沖天，真難處理。此時，只好先用鋤頭去鋤，用鐵耙去耙，弄走那些稻草和枯葉，再用竹掃把掃。

不過，掃完以後，只見到處煥然一新，眼中俱是燦亮明麗，好不令人心喜！大掃除時的辛苦和麻煩，此時便已全部拋諸九宵雲外了。

確實是該大事清掃一番的。這是除舊的工作，應該要做的。一年就要過去，應該把舊的、髒的、亂的除去。到處窗明几淨，迎新不才更有意義？

每個人，也都該在此時，深自反省，檢討，把心裡掃除一番，掃除掉舊的，髒的，亂的，落後的，乾乾淨淨地迎接新的一年……。

貼春聯

春聯總是要在除夕那天貼的。

大掃除是除舊的工作，貼春聯則是佈新的工作。春聯一貼上去，可以說新的一年已經來了。

新的一年已經來了。在這一年裡，我們將如何？由家裡所貼的春聯往往可以看出來。

是的，春聯往往表明出一個人或一家人在這新的一年裡的新希望、新計畫，祈望新年如意，幸福禎祥，平安快樂，甚至人生觀、人生奮鬥的目標，每個人的身分、職業等，還有社會的繁榮，生活的安定，國泰民安，和樂融融……。

這是中國人的特權，也惟有中國文學才有這種特性。這是中華文化的結晶。春聯主要的當然要講求蘊含的意義；但除此之外，還講求對仗，使兩句實字對實字，虛字對虛字，講求平仄，使音調和諧，抑揚有致，更講求字數，分四言、五言、六言、七言、八言、九言、十言、十一言、十二言、十三言、十四言等，而以七言至九言最普遍為人採用。這些是外國文學尤其是蟹形文字所難能企及的。中華文化是何其悠久，燦爛！中國文字是何其優美，高妙！

此外，尚有春仔，寫的是「春」、「福」、「祿」、「壽」、「禧」、「宜」、「康」等字，都用的四方形紅紙，「春」和「福」兩字倒貼，表示「春到」和「福到」之意，是求取其諧音。還有用直條或橫條紅紙寫的，寫上「清風」、「明月」、「文章華國」、「詩禮傳家」、「福如東海」、「招財進寶」、「黃金萬兩」、「五穀豐登」、「六畜興旺」等，貼於門板、窗扇、櫃子、箱子、缸甕、倉庫、穀倉、牛欄、豬圈、雞塒、鴨寮等處，取其吉祥也。寫春聯都用的紅紙，以見其喜氣洋洋。寫的人自然要精於書法，功夫要老到；否則寫起來龍飛鳳舞，叫人笑掉大牙。用毛筆蘸黑墨汁或金水均可。只是為防紙易朽壞，往往有用油紙的，黑墨汁或金水便要泡上肥皂水；否則黑墨汁或金水不沾紙，便寫不成了。

春聯都貼在門柱上。貼好後，不但有著佳聯妙句，而且紅光照人，顯見一片欣喜，一片興旺。——似乎春已降臨，萬事如意。

啊，一片欣喜，一片興旺！

啊，春已降臨，萬事如意！

祭祖．吃年夜飯．守歲

祭祖、吃年夜飯和守歲是連在起的。

在除夕，一家人團聚在一起了。離家到遠地的人這時自然是回來了。每人手中三炷香，在香煙繚繞中，追思先祖，叩謝他們的遺德，思有以光大他們的優良風範，端正自己，努力現在，以留典型給後代。這是祭祖的最重要意義，人人都應了悟於心的。

祭祖儀式過後，接著便是吃年夜飯了。

一家人圍坐著飯桌，享用著一年一度的年夜飯，和樂融融，多麼安詳、幸福、快樂！

當然，販桌上都是好吃的東西，那是做母親的用她的巧手製作的，也是用她的愛心製作的。她一早便到市場採買，然後殺雞宰鴨，煮飯燒菜，整日忙碌，辛勤不停。

小孩子們看的是桌上的東西；大人們則不是。他們在享受那種和樂融融的氣氛，欣賞全家每一個人的各種情態，連最微末細節都不漏掉。

這一頓飯要享用多久？事實上是很難予以界定的，往往就連上守歲。

傳說年是山中的一種怪獸，會在除夕夜裡跑出來吃人。為了不因睡著沒有守備而遭侵害，所以要守歲，直到次晨互相慶幸恭賀未被怪獸所侵害。這是為什麼春節那天人們互道恭禧的由來。其實，自古以來，誰見過叫做年的這種怪獸？為什麼牠要在除夕之夜才出來呢？牠平日住在山裡，到底住在山裡的哪裡？入山開山的人很多，誰見過牠？……

我一再認為，許多傳說都不是真的；但其用心卻很可愛，由這些傳說所形成的傳統做法卻很可維持下去。以年是山中的一種怪獸而形成守歲的傳統做法來說，它便很可維持下去，也顯然可見先祖們的用心良苦。

一家人，平日裡，出外的出外，工作的工作，各自東西，聚在一起的機會不多，尤以離家到遠地的人為然，所以先祖們創出這個傳統，要人們守歲，主要是要人們團聚在一起，閒話家常，道別後的風霜雨雪，說個人的工作、遭際、發展和抱負，尤其重要的是把那種全家和樂融融的氣氛一直延續下去，不使中斷……。

多麼珍貴的這種和樂融融的氣氛！願多珍惜！願能永久流傳下去，「沛乎塞蒼冥」！也要感謝祖先們的這一番德意！

啊，慎終追遠呀慎終追遠！

春節即景

噼哩啪啦碰……這裡那裡地，鞭炮聲響著。有的是單粒的大炮，有的是成串的連炮。到夜裡，放的是沖天炮、火箭炮、焰火。煙焰在空中炸開，是一朵朵花，是各種顏彩。放鞭炮的人的希望是：爆竹一聲除舊歲，並迎來新的。小孩子躲在一邊，用一雙小手摀著耳朵，顯出害怕的樣子；但鞭炮聲響過後，卻又紛紛爭先恐後地跑上前去，撿那些沒炸開的玩，把大人們的一再禁止拋諸腦後。

鼕鏘鼕鏘鼕鼕鏘……這裡那裡地，鑼鼓聲響著。是那些獅陣。是那些車鼓陣。是那些牛犁陣。他們取著刀鎗、棍棒、長劍和盾牌等等，還有獅、龍、犁及其他道具，應和著鑼鼓聲，到處走，到處演，到處舞，口中還不時發出喊叫聲。人們成群地圍著看。他們越演越精彩，越舞越起勁。一處結束了，他們又到另一處，給各處帶去熱鬧，後面還跟著一大群看熱鬧的小孩子。

「恭禧！恭禧！」這裡那裡地，拜年聲響著。人們拱著手，彎著腰，恭恭敬敬地打躬作揖，向人拜年：「恭賀新禧！」

人們來來去去，男的，女的，老的，少的，成群結隊，有步行的，有騎車的，也有坐車的。人人穿著各種式樣各種顏色的新衣，臉上滿露著微笑。

飛機、輪船、公共汽車和火車一再地加班，儘量疏運，仍然是滿滿的人，擠來擠去，有些人的鞋子被擠掉了一隻還買不到票，也有被擠得哇哇大叫的小孩子；遊樂場、電影院一再地加場加演，也是的；當然好多遊覽區、兒童樂園，也是的。

在店仔裡，在小攤旁，甚至在路邊，小孩子圍成一大堆，花用著他們的壓歲錢，買著各種玩具和零食，玩著各種遊戲……。

年輕人則走上山中，走向海邊，走到運動場。他們精力充沛，蹦跳活躍，遊山玩水賞景，或是做各種球類比賽……。

這是一年中難得的假日。大家要快快樂樂地度過，甩開憂愁和煩勞，更不能哭，也不准罵人。這是春節時候的不成文法。人人都在笑，在說，在唱，在呼叫，在歡樂……。

當然，人人也希望在這新的一年裡，沒有憂愁，沒有哭，不去罵人，只有笑，只有歡樂……。

誘蟲燈的聯想

看見誘蟲燈了，就在田地裡。

田野裡所種的雜作正欣欣向榮，漸次開花，結果，孕育著豐收。

這些雜作都是二期稻作收割前後種下的。豆類是白豆、黃豆、紅豆、黑豆、花豆、花龍豆、菜豆（絲豆）等。菜類是酸菜、高麗菜、花菜、茄子、茼蒿、芫荽、大頭菜、蘿蔔、芹菜、蒜、蔥、青椒、蕃茄、菠菜、苦白菜、山東白菜等。瓜類是黃瓜、刺瓜、西瓜、冬瓜、苦瓜等。它們不畏秋風秋雨，不怕冬日的寒冷，為冬日的田野燃燒起遍野綠火。

這是農人們辛勞工作的成績。二期稻作收割前後，他們就開始選種、耕地、種植，然後灌溉、除草、施肥、除害，備極辛勞。其中除害是自始至終不停的工作，近年來則有使用誘蟲燈的。

小小一個白色燈形塑膠製品，其實哪裡是燈？像一個寬肚小葫蘆，像一個開口的小酒瓶，內裝有花蜜香味的農藥，便可誘使蜂蛾自投羅網，毒死其中，不計其數，既可除害，農藥又不沾及土地和作物，不生土地受害、農作物殘毒戕害人體問題。我說這是近年來農業上除害的一大發明，想必不為過。

原來有一種小蜂，嗜食瓜類，尤其苦瓜的嫩實，只要被叮一下，瓜實便有叮痕，然後結疤，萎縮以死。誘蟲燈就是以其白色，形狀像燈，又裝有花蜜香味的農藥，使害蟲誤為瓜實，誤為燈盞，以引誘牠們自投羅網。

這是多麼美好的構想，多麼偉大的發明！

農業上噴灑農藥，把害蟲殺除了；但是餘留在土地和農作物上的殘毒往往也會使土地受害，將人的生命殺除。喃，多麼可怕呀！誘蟲燈既可把害蟲殺除，農藥又不沾在土地和農作物上，對土地對人一無害處。這才是真正的除害。所以我說，這是一個美好的構想，農業除害上的一項偉大發明。

這是一個很大的啟示。農業上的除害，能除害而不害土地和人，向這方向發展，遵循這原則而行，必然大有前途，大有益於人類，農業專家們為什麼不多研究害蟲的生態，以藥物或其他方法，引誘而殺除之，不至於損害其他？農業被農藥戕害得太久太多太大了：土質酸鹼不平衡，益蟲的同時被殺害，土地的因沒有蚯蚓等益蟲而變異，人類的因殘毒而中毒、生怪病……真叫人頭痛不已！如能發明誘蟲燈之類的除害器物，使能殺除害蟲而不生任何副作用，則農業必然有救了；因土質變酸鹼不平衡、土地變異而造成的病害或變異，必然有救了；因殺除害蟲而被殺害的益蟲，必然有救了；因農藥殘留而對人體產生的損害，必然有救了……。

當年不用農藥而用人工除害蟲是太辛苦了，所以被使用蘆藤水所替代。此時，已稍見其副作用了。後來被大量農藥的使用所替代，則副作用太大了。其實，噴灑農藥也太辛苦了，而且危險殊大；為什麼不多發明誘蟲燈之類的器物，以替代農藥？

其實，誘蟲燈的原理太簡單了，也是很早以前大家就看到的，只是習焉不察而已。早年夜裡點燈，燈蛾和其他許多小蟲便飛撲向火，一夜總被燒死很多，歷來許多詩人、作家寫下讚頌燈蛾的詩篇、文章多如牛毛，卻沒有人想到這一殺除害蟲的妙法；也不是沒有人想到，每年收割期間，昆蟲多，成群飛進家屋裡，就有好多人用臉盆盛了水，放在燈下，使昆蟲誤認倒映水中的燈盞是真正的燈盞，猛撲下去，而自投「水」網以死，卻任其滯留在那一構想的雛型階段，未予發展開來，迨經過了這幾十年才見發展出端倪來，何其慢也！我們確實很會視而不見，很會忽略許多大自然的奇妙現象。

由誘蟲燈，我似乎發現了一線曙光，一線希望。但願可以殺除害蟲而不害及土地、益蟲和人類的日子，快快來臨！

雞尾椎

酒席正進行著。猜拳聲、小孩子的吵鬧聲、大人的相互談笑聲、碗筷和杯盤的碰觸聲交響著……。

突然最東面角落那一桌起了騷動和爆笑聲。原來是阿義從一碗雞肉裡夾起了一塊雞尾椎，往阿聲的碗裡送：

「給你，這個最好吃了。」

阿聲一驚，趕快夾了起來，送進阿義的碗裡：「是啊！雞尾椎那麼好吃，我不忍心吃，還是給你好！」

他們兩人就這樣相互推讓著，那個雞尾椎一會兒被夾過來，一會兒被夾過去，引起一陣騷動和爆笑……。

「來！給阿明啦！」阿旺突然發話了，使這一陣騷動和爆笑戛然而止。

「來呀！夾過來好了！那麼好吃的雞尾椎，我求之不得，你們竟然推來推去，真奇怪！」

阿明終於給夾過去，放進嘴裡，吃得津津有味，不消一會兒工夫便解決了。

「你真的那麼喜歡吃雞尾椎嗎？」有人奇怪地問。

「是呀！雞尾椎最好吃了，又香又甜，又能除傷去鬱。」

「是生下來就喜歡吃嗎？」

「不。那可不是！小時候，我一看到就怕，一聞到就想吐。」

「那你為什麼現在變成那麼喜歡吃呢？」

「因為我領悟到了一個道理。」

「什麼道理？」

「親恩浩瀚。」

「什麼？吃雞尾椎也扯上親恩浩瀚這大道理？」

「當然啦！我說給妳們聽，你們就知道了。那是我十八歲那年，父親告訴我的。他當時也很喜歡吃雞尾椎，而我也和你們一樣不喜歡吃。我問他雞尾椎那麼髒那麼臭，他怎麼喜歡吃？你們知道他怎麼說？」

「怎麼說？」

「他說，沒有一個人天生喜歡吃雞尾椎的。他以前也一樣。但是，每次雞尾椎都沒人吃，只好自己勉強吃了。一次又一次地吃，吃了一個又一個，終於吃出滋味來了，於是喜歡吃了。

我父親雖然沒讀多少書，講不出親恩浩瀚這話；但這不就是親恩浩瀚嗎？父母總是把最好吃的留給子女，自己吃不好吃的，譬如吃雞，總是吃雞頭、雞腳、雞腸、雞尾椎，其他好吃的留給子女。這不是親恩浩瀚是什麼？」

「那你就從那時起開始喜歡吃了？」

「說從那時候起開始吃是對的，說從那時候起開始喜歡吃可就不對了。我總是停止了呼吸吃的，爸爸叫我不要吃，我仍和他搶著吃，裝著很好吃的樣子。漸漸就習慣了，就覺得好吃了。其實再不好吃的，只要吃習慣便好吃了。啊，真是親恩浩瀚！」

「嗯！真的是親恩浩瀚！」你一言我一語地說著。

然後，又回復到酒席原先的情況了：猜拳聲、小孩子的吵鬧聲、大人的談笑聲、碗筷和杯盤的碰觸聲交響著……。

爆米香

「請大家不要怕！要爆了！」一聲廣播傳來，人們還沒弄清楚真正的意思，說時遲，那時快，「嘭」的一聲巨響，轟然傳來，叫大家嚇了一大跳。

「爆米香！媽！爆米香的來了！」

「米香好好吃呀！」

「米香好香呀！」

「媽！我要爆米香！」

孩子們反應得很快，蹦跳著，跑過來又跑過去，七嘴八舌地說著。

做父母的為了滿足孩子們這一點小小的要求，給予小小心靈以愉悅，便去準備米、糖。沒多久，孩子們便紛紛拿了米和糖，滿臉堆著笑，蹦蹦跳跳地奔跑了過去，發現老早已有好些人，便依序排隊，等著輪流爆。

爆米香的機器是一個橫倒的圓形大鐵器，差不多和以前燒洗澡水的熱水爐同樣大小。把米放進去後，關鎖住開口，然後在火上滾轉烘烤。火，以前是用木炭之類去燒的，隨著科學的進步，現在已經用煤氣了。它在煤氣爐上方滾轉烘烤著，操作的人憑經驗知道，在機器裡的米或玉米已被烤熟了，膨脹起來了，便停止機器的滾轉，先用廣播喊話預警，把開口打開，說時遲，那時快，「嘭」的一聲巨響，一陣風起，烤熟膨脹的米花便全部爆落進預置好的袋子裡，然後倒進預置的方框木盤中，加上熬好的濃糖漿，壓平，切割成立體長方形米香。

米香，是由糖漿將一粒粒米花黏成的。米香，一粒粒像保麗龍圓形小顆粒，卻不韌，像一粒粒小真珠，卻不硬，咬下去，是鬆脆的，既香且甜。

沒有一個孩子不喜歡吃米香，連同大人都同樣喜歡。不管都市、鄉間，只要爆米香的來了，即使會被「嘭」的一聲嚇著，大人小孩都一樣歡迎，一樣會一大堆人圍過去，形成一股旋風，一陣熱鬧。

木屐

咯咯咯咯……

聽！那木屐踩在地板所發出的聲音，多麼清脆悅耳！

它們迴響著，在歷史的長廊，在記憶深處，隱隱約約，傳來！

那是很久以前的事了，現在幾乎已成了絕響。

是的！現在人們所穿的鞋子，種類那麼多，質料那麼好，顏色那麼漂亮，還會有誰願意去穿木屐？看！那些皮鞋、球鞋、布鞋、拖鞋、涼鞋、登山鞋、溜冰鞋、馬靴……琳瑯滿目，說多亮便有多亮，說多美便有多美，說多柔便有多柔，說多好穿便有多好穿！誰還會去穿那勞什仔木屐？

雖然如此，木屐還是頂叫人懷念的。且暫時不說它們的其他好處，至少它們是保護人類足部便利人類行走的一種鞋子。至少它們是現在的鞋子的先峰或先祖。現在的鞋子，是它們的子孫哪！就此一點，我們就該恭敬它們。它們在歷史上，尤其在鞋子的歷史上，有它們一定不可替代的位置。在人類記憶深處，有它們歷歷的履痕，響出紛至沓來的咯咯聲。

一塊木板，裁成比足掌大，也有方形的，大足掌很多，底下加上屐齒，上面前方加釘屐耳，便是一隻木屐了。積兩隻成一雙，沒有左右之分，隨便套在兩腳上，可以穿了到處走，讓腳不致踩到地面的泥土、砂石、潮濕、家禽家畜的屎尿及其他障礙物、髒物等等，受冷，受傷，弄髒。

製木屐的木頭，常常是相思、苦楝和柚木。屐齒，最初是兩塊小木板，直豎釘在屐身下方，唐宋人穿的是最典型的一種；後來因為易斷，（晉代那位謝姓大人物就在歷史上留下了「屐齒之折」的例子）便改為同一塊木頭踞成，不須加釘，牢固而穩定。屐耳最早是用棕櫚葉、繩子，後來改用皮革，現在都用塑膠片了。其實塑膠片不好，不易吸取揮發汗水，易罹香港腳。

現在的鞋子，可能輕快、舒適、美觀，卻不無毛病：大多把整個足掌包起來，不透氣，易生香港腳或其他足病。木屐雖然笨重了些，卻能讓足部透風，又因足掌接觸的是木頭，易吸取揮發汗水，不會生香港腳，並且古樸典雅，富鄉土味、草根性，也有其特點。想起小時候，大家都穿木屐，走起路來，咯咯作響，多麼清脆悅耳！很多咯咯聲合起來，多像古典的交響曲！

只是現在少有人穿木屐了。我想其原因不外笨重，走起路來並有咯咯聲，進出公共場所，諸多不便。其實，跨步提腳時，凝聚一下足掌的力量，把木屐吸起，再輕輕踩下，聲音便不會那麼大了。再者，如果大家都穿，也會見怪不怪的。

我現在居家便還是穿木屐。我一穿拖鞋，必定馬上生香港腳，只好每天穿木屐；但我穿起來，走路不會發出咯咯聲。至於到公共場所，我便不穿了。

如果你說我穿木屐是懷古念舊，我也不願置辯。

醃酸菜

大約農曆春節前，是醃鹹菜（酸菜）的時候。

農人是很講究節氣的。照節氣來耕種，農作便可生長得好，有好收成。

鹹菜是在二期稻作收割後種下的。這時種下最適合節氣了。

就用收割後的稻田。地，整成一股一股的。鹹菜很能適應環境，土打碎了自然最好，不打碎照活照長不誤。只是那是乾季，要常常灌水，也要常常施肥。肥料不必多，次數則須繁，幾天不到一個禮拜便要施肥一次。肥料一施下去，水隨後灌下，第二天很快便見效，葉子長長長大了，顏色變濃變深了，很像病人服了特效藥，也像輪胎打了氣，明顯可見。可是沒幾天，到該施肥灌水的時間，如果沒給施肥灌水，馬上可以看出來，它停止生長了。繼續不間斷地施肥灌水，對鹹菜是絕對必要的。這樣才能促使它正常生長。施肥灌水雖然辛苦，常常弄得腰酸背痛；但是看見鹹菜日日明顯長大，農人心中便充滿了無限喜悅。

也怕蟲害。也要常常噴藥。所以免被害於害蟲的口器！有一種毒藤，捶出汁液，泡水噴灑，很有效。這是早年用的，現在已有現成的農藥可用。

一天天地生長，很快，春節前便可收成了。

這時，一株株鹹菜，已有電鍋大小，大葉厚而結實，向上向外伸展開來，菜心部分呈出卷曲未展的嫩葉，白嫩可愛。要在有陽光的上午，將它從頭部割下，翻轉過來，讓太陽曬得稍見疲軟了，便可載回家醃。

鹹菜桶，圓形，高二公尺有餘，下窄上寬，是斗的放大，用一片片木板排成，以竹片為綁繩，圍住，木板便挨挨擠擠，不墜不散，木片間的細縫，塗以桐油，以防洩漏。醃鹹菜時，由桶底一層一層往上堆。每一層都要一株株排好，頭朝下，尾朝上，也是挨挨擠擠地，灑上一層鹽，用手翻動，使鹽掉到菜心菜葉裡，再灑一層鹽，然後一聲令下，大家便上去一腳高一腳低地用腳踩，踩到稍有濕意，再排另一層。

鹽，常常要和上黃粉，以增色水。好看頭呀！

醃鹹菜，常常要到半夜才能結束。開始醃時，上去踩的人多，也是興高采烈蹦蹦跳跳的。好玩嘛！但是，慢慢地，人少了，興致也減了，到快結束時，小孩子跑光了，回床上睡覺了，便只剩幾個大人在那裡忙，冷冷清清了。

給鹹菜施肥、灌水、割鹹菜、排鹹菜和用手翻動菜葉使鹽掉下去，都要彎著腰。腰彎得久了，常常會酸；如果叫出來，大家總會玩笑地說：

「現在還沒出味呢，酸？」

「真的很酸呀！」

「酸才好嘛！鹹菜的真味就是酸呀！」

「對！越酸越好！」

是越酸越好呀！鹹菜不是因為人彎腰久了酸的，但這雙關語很有詩意。

果然鹹菜是越酸越好，吃得人直流口水，甚至只要一看到一聞到，牙齒就被酸得發軟了，才是真品鹹菜。

稻草人

漸漸地，稻草人少了。

那是它們必然的歸趨，無可挽回的。

當年，稻草人是很多的，田野裡到處都有，這裡一個，那裡一個。

那時，稻草人是農人們的朋友。它們被偽裝成農人們，為農人們驚嚇驅走偷吃農作的害鳥，使農作不致因被侵害而減少收成。

誰不知道農作是農人們一滴滴血和一滴滴汗凝結而成的？那多珍貴！尤其早年經濟凋敝，農作歉收，生活困苦，更是珍貴無比。在那些年代裡，農家子弟如不小心把飯粒掉在地板，都要被大人罵的。不是嗎？你聽：「怎麼把飯粒給落到地上？你這個不怕雷公打的雷公啊子！」「吃予了！碗內不可留飯！又不是破病，吃不了。」

農作將成熟了，地裡的老鼠會來偷吃，空中的鳥類也會來偷吃，真的是煩！要防鳥害，農人們請出了稻草人。在防農作鳥害上，稻草人扮演的是很重要的角色。

用一根和一個人差不多高的竹幹，上半部綁上稻草，綁成一個人的人身和人頭，在人的肩膀部位，安裝上兩根向外伸出的短竹竿，加綁一些稻草，當成雙手，人身和雙手穿上衣服，頭上戴上笠帽，一個稻草人便製作成功了，便可以拿到田野裡去插起來了。

農人們終年都是忙碌的，沒有時間去趕鳥，而且事實上要一個會跑會跳有情感的人，一天到晚站在田野裡趕鳥，是很不容易的。那工作太單調、太枯燥了；農人們做不到，便用稻草人來代做。別說它們一肚子稻草，骨肉都不是有生命的，沒有痛楚。它們可以不分晝夜，不怕風吹雨打、太陽曬或天氣冷到可以裂人肌膚，一直站立在那裡，一動不動。什麼孤獨、寂寞、單調、枯燥，它們根本不放在眼裡。其實它們根本就是沒有肝腸，沒有生命，無所感覺的，談到厭煩，更是沒有的事。它們來扮演這個角色是最適宜不過了。

於是，田野裡，稻草人紛紛站立起來了：一個、兩個、三個……。

可是，後來有些害鳥精明，看它們都不動，便飛去試試看，知道不是真正的人，也不怕了，仍照樣來偷吃農作，並且有時停在它們的頭上、手上、肩膀上，形成一個很滑稽的影像，令人啼笑皆非。

至此，稻草人就沒用了；尤其是現在，農人們用鞭炮來代替，用錄音機來代替，稻草人便真的沒用了。或許可以說，它們已經真正「死」了。

歌仔戲

本里永興宮謝府元帥誕辰，里活動中心門前大埕（廣場）又擺祭壇，演歌仔戲酬神了。這個宮，和我曾經有過相當直接的密切關係。有一段時間，找不到人，我還曾經擔任過管理委員會的主任委員呢。每逢這個宮有什麼慶典活動，我不免去祭拜一番。這次也不例外。我備了水果前往，祝祂的誕辰，祈求大家平安，人人盡力本分工作，地方繁榮，民生安和樂利，國家富強。人有宗教信仰自由，現今民主國家憲法均有規定，予以保障。只要立意正確，不致成為迷信，一個人信仰哪一種宗教，都可以，都有自由。

在祭拜時，我不免趁隙看歌仔戲。

歌仔戲是我國傳統戲劇。它的派別和源流如何，雖然我不懂；但小時候我是喜歡看的。那時，社會上娛樂項目不多，每逢年節、喜事或廟會，便會演戲酬神，有時只演布袋戲，有時只演歌仔戲，有時兩種都演，大家便蜂擁前去觀看。如果碰到「工夫」些的主人家，請兩種都來演，為了「相拚」，拉觀眾，各自施出渾身解數，演得精彩熱鬧，往往叫我左右為難，不知看哪邊的好，只好一會兒往這邊，一會兒往那邊，兩邊都看了。

那時，往往用牛車並排起來，加鋪木板，後面和上方覆上布篷，就是現成的戲台。在那上面，不管演的是喜劇或悲劇，不論生、旦、主腳或佩角，只要有好劇本，演得認真，常常可以引得台下觀眾心繫劇情、人物，為之神魂顛倒，或悲得淚漣漣，或喜得笑口大開。反正「做戲的狂，看戲的憨」嘛！其實呀！「世事總歸空，何必以空為實事？人生本是戲，何必將戲作真情？」但是看戲的人往往為感情所羈，擺脫不開這一層，將自己完全涉進去。

看！這樣的野台戲，在露天之下，台上敲得鑼鼓喧天，演得熱鬧非常，台下觀眾雖然站著或坐在自家搬來的條凳或籐椅上，都會如癡如狂，「釘根」在那裡，即使家裡有要事也叫不回去，即使在烈陽下仍曬不走，即使夜深了仍要看到結束。

除了野台戲，那時戲院也演，幾乎不放電影，以致很多人第一次看電影，以為電影的場就是歌仔戲的齣，看到第二場和第一場演的完全一樣，便相互詢問：「為什麼第二場和第一場相同？」那時，年紀小，沒有錢看戲，我常常在末齣戲將結束時，跑去撿免費的戲尾。

隨著年紀的加大，我們經濟的蓬勃發展，娛樂項目增多，我的課業也加重了，對歌仔戲乃漸行疏遠；到最後，不但不看，而且認為故事卑俗陳腐，聲光太差，劇情鬆散，服裝太古老，動作矯揉造作，不值一看。

其實，真的這樣嗎？

先母在世時，是歌仔戲迷。雖然後來戲院都放映電影，使歌仔戲流為野台戲；但每有野台戲，她便搬張椅子去坐了看，電視裡有歌仔戲也看。我有時看電視裡的歌仔戲，認為沒什麼大不了，沒想到五年前永興宮在里活動中心演歌子戲酬神，我偶然一看，方才發現，歌子戲已隨科技的進步而大有改進。聲光之富變化，空中飛人的妙技，故事劇情歌舞的揉合傳統和現代，已臻化境，令我驚嘆。也難怪，那是曾經獲得全省地方戲劇競賽冠軍的明華園歌劇團演的！團主也是永興宮的信徒，現任的管理委員會主任委員。

自此以後，我不敢小覷歌仔戲，有時也看了。只是深苦於幾乎都是野台戲，要搬椅子去坐麻煩，站著又使腳負擔太重，受不了。另外，部分歌仔戲團仍然太守舊，則有待改進。至於有部分太激進，改演脫衣舞，則已是歌舞團之類了，不足與語也！

布袋戲

「我喜歡看布袋戲。」

說這句話，我絕對不會臉紅。我保證可以大言不慚，到哪裡都這麼說。

看布袋戲，我是從小就喜歡了的。那時，如果野台戲上演的是布袋戲，我必定前往觀看；演半天，我可以站著看半天，演一天，我可以站著看一天。午飯、晚飯時間到了，我可以不吃，布袋戲非看不可——吃飯是每天每餐的事，看布袋戲的機會可不如此！至於沒錢到戲院看，等快結束散場前去撿戲尾，則是極端興奮之事。

那時的布袋戲，聲光還沒現在這麼好；現在的布袋戲，拜科技之賜，聲光效果之佳，已臻上乘，尤其人可以在家裡，坐著或躺著，舒適地面對電視觀賞，我更喜歡看布袋戲。

據說漢高祖曾以布袋戲計退匈奴。據說春秋戰國時就有布袋戲。據說布袋戲乃因戲偶如布袋而得名。據說布袋戲乃因不演時戲偶置諸布袋提攜方便而得名。……不管如何，我喜歡看布袋戲。

是的，我喜歡看布袋戲。

喜歡看布袋戲，因為戲偶嬌小玲瓏，服飾、臉譜可愛；是紅臉，是黑臉，是白臉，是青臉，是花臉，是男的，是女的，是好人，是壞人，是老人，是少女，是壯年，是小孩，是口吃，是大話，是善歌，是擅舞，是能劍，是會拳……裝扮，動作，語言，唯妙唯肖！

喜歡看布袋戲，因為故事離奇曲折，懸疑扣人心弦，攝人魂魄，時有意想不到的情趣，可以使人超脫塵世，雲遊天外，卻總是善惡分明，忠奸立辨，好人有好報，壞人有惡報。對我這樣一個現在仍然任真自適、是非分明的人，乃一大快事。

喜歡看布袋戲，因為聲光效果助長聲勢，可以顯示拳風虎虎，劍光燦然，氣功千鈞，尤其現代科技發達以後，何止鞭炮和小道具象徵已爾，電腦已能控制聲光和動作，酷似真人真情真境，可以用電光和雷射，表演劍光混戰，法寶拚鬥，更形精彩。

喜歡看布袋戲，因為布景綺麗逼真，有高山，有澗谷，有雲靄，有霧嵐，有流水，有平野，有花，有草，有樹木，有奇境……使人每疑以為真。

喜歡看布袋戲，因為台詞美妙貼切，文人雅士則出口成章，滿嘴名詩麗詞，吟詩猜謎，表現學富五車；武夫俠士則講究武功修養，上天下地，本領高強，摘奸發惡，保護善良，出生入死，在所不辭；仕女少婦則婀娜多姿，忸怩作態，情意綿綿；丑角則詼言諧語，配合小小動作，令人發噱……。

布袋戲令人最瘋迷想看的是使用諸多方言俚語，觸動鄉情，入木三分，一針見血，一鋤及根，使人如坐春風，與鄉人話桑麻，說荒唐，彈說無數……。只要聽到布袋戲的鑼鼓喧天，鞭炮猛響，我便會滿心欣悅，儘速前往……。

有一個時期，電視布袋戲被禁，實在沒道理。我曾注意電視卡通，劇情頗有和布袋戲相似處，尤其當時上演的卡通「無敵鐵金剛」，故事更離奇兇殘，內容更離經叛道，不適合小孩子看，卻被鼓勵上演而禁止演布袋戲，一無道理。其實，禁有何用？布袋戲何止在本國演出、傳承、發揚？更推廣演到法國、南美呢！更推廣引用到教學，在教室上演呢！至於野台戲，那更是無論如何禁止不了的。

我已年近五十，想我一生，與布袋戲結緣，是如何也分不開了。

清明掃墓

是清明節日，我們去掃墓。

墓地裡，有好多人。男男女女，老老少少，大家都在今天來掃墓。有的從遠地回來。「好久不見了。」見了面，大家便這麼說著，相互話舊，互詢近況。

「這是你阿爸的墓？」

「是呀！」

「你阿爸是一個好人。這麼早死，真可惜！」

「每個人都要走這條路的。沒辦法！」

這邊的人這樣談論著，那邊的人則有另一番對話。

「你的後生這麼大漢了，和你長得一模一樣。冊（書）一定讀很好的。有其父必有其子！」

「是你不敢嫌。」

另一個場景又有另一番對話。

「這是你阿公的墓？」

「是呀！」

「所以有這麼多人祭掃。攏總有二十個人吧？」

「不止哪！根若勇壯，樹枝就大。祖先是我們的根，我們和子孫便是枝葉花果。沒有根便沒有枝葉花果。我們這些枝葉花果自然要感謝祖先這些根，尋這些根。」

「這就是掃墓的意義。」

「是呀！掃墓是我們中華民族的一大特點。沒有人不崇拜祖先的。藉著清明掃墓來懷念祖先，崇拜祖先，是很有意義的。祖先的德惠，我們感激不盡。沒有他們，怎麼會有我們？這是綿延不斷，長久傳承，萬世留芳的。這就是一般所說的慎終追遠。我們從祖先那裡承繼德惠，努力予以發揚光大，再傳給子孫。」

又另一個場景，又有另一番對話。

「今天我們已經沒有以前的人那種哭墓的習慣了。以前，每次清明掃墓，很多人哭哪！尤其婦人家，更是如此。常常要哭聲傳遍遐邇呢！」

說話的人自己沉入在回憶裡，也引起別人的回憶。

「還有，乞墓龜也見不到了。小時候，放牛總把牛放到墓地。當時經濟不好，見人掃墓便去乞墓龜。掃墓人家也好心，總在掃墓後，將糕粿、紅龜、雞蛋等分給牧童吃。表示富有，食有餘，也表示善心。」

「其實春秋戰國時代就有這風俗了。那個驕其妻妾的齊人，不就是乞墓龜的？」

「當時才不止乞墓龜而已呢！乞得更多呀！」

掃墓的人，把祖先墳塋的雜草、髒亂，用鋤頭、圓鍬、掃刀清除整理了，然後擺上祭品，有的是鮮花水果，有的是牲禮，開始點香祭拜，掛墓紙，追慕思念，酒過三巡，燒過冥紙，便在紙灰化為白蝴蝶飄飛中，收拾完畢，取了火龍子回家，結束與祖先的一次看不見的會晤，一次尋覓祖先履痕的工作。

迎神賽會

現在是農曆三月，正是迎神賽會最盛最多的時節。不管廟宇大小，許多廟宇都在辦迎神賽會，或同一天辦，或不同一天辦，或各自分開辦，或聯合辦，儘管所辦有大有小，卻都香煙繚繞，鑼鼓喧天，信徒觀眾洶湧，熱鬧非常。

我們祈求神賜福給我們，保佑我們國泰民安，民生安和樂利，是否可以應驗？雖然不得而知；但是至少我們有這個心。「心嚮往之」，便會朝這個目標努力，其結果便往往可以實現。有一個希望，有一個理想，總比沒有好。不是嗎？這或許是許多人拜神，常有迎神賽會的原因吧！

在今天經濟繁榮的社會裡，迎神賽會在經濟上比較沒有什麼問題，人力卻是一個大問題。跟廟裡的神職人員一樣，迎神賽會需用的人力已很難找了。現今社會，大家都有「頭路」，忙碌不堪，抽出一天時間來扛轎，來遊行，來隨團進香，來做這做那，受僱的僱主也不願意讓他請假。一讓他請假，僱主的產出便減少了。所有現在的迎神賽會，受這人力缺乏的困擾很大，也沒有以前那麼熱鬧、隆重了。譬如神轎，便加車輪，不必很多人扛，沒有自己的「轎班」，便以工錢請人扛轎；譬如化裝遊行，車隊也少了，沒有那麼精彩了。以前可是不同呀！那時，清閒人口多，又不講究工作效率，也重神力，一說迎神賽會，進香要去北港媽祖廟或台南南鯤鯓廟，大家便停止工作，競相參加，蜂擁而來，請神的請神，敲鑼打鼓的敲鑼打鼓，吹鼓吹的吹鼓吹，奏八音的奏八音，扛轎的扛轎，化裝遊行的化裝遊行，放鞭炮的放鞭炮，當法師乩童的當法師乩童……。

進香回來，繞境開始，沿路家家戶戶擺香案。繞境的有神轎、乩童、八家將、化裝隊、弄獅陣、宋江陣、牛犁歌仔陣等等。這些神轎和陣隊，常常是來自或遠或近各地神廟、陣隊社團。最熱鬧的是繞境完後晚上進廟。這時，酬神的野台布袋戲或歌仔戲，正演到最高潮，各地的神轎和陣隊等，一次次地陸續衝向廟口，向主神祝賀聖誕，各使出渾身解數，在廟埕作法、表演，在沖天炮、焰火噴湧中，在信徒觀眾的推來擠去間，乩童揮動著刀、劍和刺球，猛往自己身上不停砍刺，過火則以赤腳踩過熊熊炭火而不傷毫髮……真是人影、轎影和動作共舞，樂聲、人聲與炮聲齊飛！

迎神賽會在以前農業時代，是很有意義，很可一看的，正藉此以掀起農村慶豐年、祈平安的熱鬧高潮，而民間藝術也正在此蘊釀培養成功。現在，我們不一定相信神會對我們有什麼保祐，讓我們國泰民安，民生安和樂利；但掀起一股熱鬧是好的，尤其我們有這「國泰民安，民生安和樂利」的理想，大家朝這個目標努力，「心嚮往之」，加上實際行動，必然可以實現！

鄉間小路

有那麼一支校園民歌，叫做「鄉間的小路」。很喜歡的，尤其是歌詞。多少鄉土在裡面！多少草根在裡面！多少懷舊在裡面！那些大都是在外表上即將消失卻在內心中歷歷分明的履痕！你聽：

走在鄉間的小路上，
暮歸的老牛是我同伴，
藍天佩朵夕陽在胸膛，
繽紛的雲彩是晚霞的衣裳。

荷把鋤頭在肩上，
牧童的歌聲在盪漾，

喔喔喔喔喔……他們唱，

還有一支短笛隱約在吹響……。

那是怎樣一條美好的小路！是泥土路，靠兩邊是青青綠草，有兩條深陷的牛車車轍，想是時間的履痕吧，長年呈現在那裡，不知在訴求什麼？還是在展示鄉土情懷？車轍內側又是青青綠草，最中央部分便是人車終年行走留下的履痕了，是平坦好走的；但往往依人車行走的多寡，裸裎其被兩旁青草漫進的程度。

那時候，在那裡——

可以看到廣闊的綠色田野，生長著綠草，生長著碧樹，生長著稻子、蕃薯、番麥、甘蔗、瓜類、果類、豆類、菜類……總之，一片是綠，是美，是益眼的植物。

可以看到農夫在耕田，在鋤地，在施肥，在灌水，牧童在放牧牛羊，倒騎牛背，在嬉戲，在抓青蛙、抓魚、抓草蜢（蚱蜢），在挖蟋蟀，在灌土伯仔（土蟋蟀）……。

可以聽到鄉下人家的俚語鄉音，青春男女在對唱情歌、山歌、民謠，牧童在「短笛無腔信口吹」，鄉下人家在相互呼叫，後面加個「啊呼——」的尾音，群鳥、昆蟲在盡心盡力地鳴唱，組成田園交響曲，升華為天籟，讚美大自然、青春、生命活力……。

可以看到牛隻拖著牛車，不管載了重物或拖著空車，都緩緩地向前行走，行走過早晨，行走過午間，行走過黃昏，行走在鬱鬱陰天裡，行走在亮麗陽光下，行走在蕭蕭風雨中，把時間行走得漸次衰老，把路面輾成兩道深深車轍，留下履痕……。

可以享受不盡的綠，不盡的土地芬芳，不盡的草木清香，不盡的陽光，不盡的清風，不盡的閒情逸緻……。

總之，這是一條美好的鄉間小路，承載著諸多鄉土、草根和懷舊，裸裎著深深淺淺的履痕；只是現在已經很難找到了。消失了嗎？是的，被科技淹失了。科技，是的，那些機車，那些汽車……尤其是那些柏油路！何處再去尋找它的履痕？即使有，也在濃濃的農藥煙霧中，載浮載沉，欲顯復沒！

童年廣場

傍晚時分，我乘著晚涼，逐著落日，悠哉遊哉地騎著單車，路過「童年廣場」，回到舊居。我現在已經住到鎮內了。舊居在鎮郊，距離我現在住的地方約有四公里。那邊我還有一塊地，種了水果。我常常會回去看。雖然四線道屏鵝公路修築得又平直又漂亮，車行又快速又方便又舒適；但是回去那裡，我仍然喜歡以單車代步，只為享受「童年廣場」那美好的情境。

是真正的鄉間小路，在已經到處是柏油路的現代化鄉間，已很難找到了。是泥土路，兩旁是長滿了水草和水聲潺潺而流的水溝。綠草從路兩旁漫長進路中央。牛車輪輾過的車轍依稀深印著。兩道車轍中間呈出泥土，靠近車轍的地方也漫長著草。行人和單車、機車便走在上面。路兩旁水溝過去便是廣大的田野了。那裡遍植著稻子、甘蔗、香蕉、檳榔、蓮霧、蕃薯等農作物，尤其甘蔗特多，一片是綠，一片是美。在這春日傍晚時分，騎行在夕陽餘暉中，讓徐徐晚風送來陣陣清涼，一邊觀賞天邊晚霞做變幻色彩的魔術，一邊欣賞綠野，是怎樣一種美好的享受，怎樣一種悠閒自在富有「採菊東籬下」氣氛的境界！

騎進「童年廣場」內，一幕幕熟悉的影像，便成群歡呼而來，闖進我的心裡、腦中……。

出生農村鄉間，也在農村鄉間長大，我是個道道地地的農家子弟。除了鐵耙和噴藥的工作沒做過外，舉凡放牛、犁田、耙地、鋤土、插秧、灌水、除草、施肥、收割等等田間工作，我都親自做過，不管多苦的都不曾例外，做得流汗流血，土頭土臉，辛苦非常，卻磨練得我渾身是勁，極為健壯，也得到許多旁人所不及的經驗和樂趣。

小孩子，力量較小，田間有許多粗重的工作擔負不起；但是當時台灣剛光復，農村鄉間未機械化，人力非常缺乏，「沒魚蝦嘛好」，小孩子便被分派一些較輕微的工作，讓大人可以喘一口氣，節省一下體力，去從事較粗重的工作。童年的時候，我便是從做這些較輕微的工作開始的。其中最主要的工作是放牛。

今天台灣的農業已經機械化了；但是當時沒有。牛是農村的耕田主力，幾乎每家都養牛。我家經常養著兩頭水牛，一公一母；如果母牛生了小牛，便多了一頭，成為三頭，要到小牛長大，賣掉，才又回到兩頭。

牛在一般人心目中都認為是乖順的。一般說來沒錯；但它有發「牛脾氣」的時候，也有很皮的時候。我曾被一隻使性子的小牛撞倒，踩過胸部，也曾被一隻母牛用牠的彎犄角架起來向遠處拋甩。這兩件事是我這一生中對牛脾氣永記不忘的。另外，牠看見稻子或甘蔗葉要吃時，也是很皮的，大人也許拉牛繩可以給拉回來；但小孩子去拉，雖然穿了鼻，牠仍很「韌鼻」，很難拉得動。我一個小小孩童，要管兩三頭水牛，那是極端困難的。好在有那麼一大片廣場，讓我安心放牛，才沒發生什麼大困難。——不，不但沒發生什麼大困難，而且享受了許多大樂趣。

那真是一個名副其實的大廣場。是日人侵佔台灣時向人民強徵了去建造成的一個空軍基地。大約有五十幾甲地。就在我家東面約三百公尺的地方，和我家只隔一塊糖廠甘蔗園。抗戰末期躲空襲，我就曾在防空洞裡看見兩架從這個基地起飛的日本飛機，在基地外靠我家這邊糖廠甘蔗園的上空，和當時被稱為米國的美國飛機做「空中戰」。抗戰勝利後，日本人走了，國軍來接收。只是相隔一段距離堆放一堆炸彈，只駐了一排空軍警衛部隊看顧炸彈，一排空軍機械部隊照料運送炸彈，其他地方便任其空著、荒著，除道路、崗哨和一些用到的地方外，到處便長著草，尤其是水溝邊，以及雨季，草長得異常繁茂，高過人頭，人畜進去很難被發現。

這本來是個禁區，但是國軍顧慮到農家的困苦，半公開地開放給農家放牧——只要沒有演習或上級來視察，都可開放。這地方便成了附近六村農家的牧場，我的童年廣場。

我是光復那年入學國小的，在國語文的研習上乃是先鋒。在我們鄉下，當時能夠把國語講好的不多，加上我家最靠近這個廣場，「物稀為貴」又兼「近水樓台先得月」，我自然和駐在這裡的國軍最熟，也最受優遇。在這廣場上，我可以說是自由出入，縱橫無阻，帶著童伴到處嬉戲、遊逛，甚至跑到隊上打球、吃飯，任水牛在廣場上自由吃草，吃飽了，自動回去。

那時，我們總是在家裡把牛鬆綁後，便把牛繩拴在牛的彎犄角上，由牠們自行到廣場。牠們往往奔跑前往。我們則或跑著跟上，或連理都不理，慢慢隨後才到。每天幾乎相同的是，到廣場以後，牛自己去吃牠們的草，喝牠們的水，鬥角，做青春的遊戲，我們玩我們的。

我們玩的可多了：相撲、鬥劍、走棋、打野球、警察捉小偷、跳房子、炕土窯、騎馬戰、賽跑、打彈珠、玩橡皮筋、跳繩、打陀螺、放風箏、石頭擲遠、打水漂兒、放鳥抓鳥、放兔抓兔、爬水塔、抓土伯仔、鬥蟋蟀、釣青蛙、打青蛙、放老鼠抓老鼠、放鱔魚、釣魚、戽魚、抓魚、游泳、抓草蜢仔、抓蟬、打苦楝子或龍眼子、玩開始結束、打七巧等等，不勝枚舉，年紀較大的青年男女，則有青春激素在作怪，便以情歌相褒對唱來表心意。這些遊戲常常使我們沉醉其中，玩得盡心盡性，或者大呼小叫，或者大哭大笑，滿身是玩勁，滿心是玩思，忘卻自己，忘卻放牛，甚至不知日已落，星月已出，讓家人到廣場來大聲呼叫著名字尋找，急得像熱鍋上的螞蟻，最後可能在水溝泥巴中找到，整身是泥，是黑，連臉上頭上都是，讓父母啼笑皆非，怒罵哭笑不得。記得我考上初中時，放榜錄取了，因為當時家裡沒有收音機（其實連電都沒有），也沒有訂報紙，竟然還不知道；當國小工友李君在報到最後一天到我家通知時，我是在這個廣場鬥蟋蟀群中被找到的。這時已下午三點了，我才被趕著，匆匆洗好手腳，穿好衣服，前往報到。報到時，我已是最後一個。不知手或腳的某個地方是否有沒洗乾淨的泥巴留著？這是我一生中永遠忘不了的事情之一，每次想起，便會有臉紅的感覺，還有，僥倖的感覺。

拗手霸

下課時間，走過教室走廊，聽到有一個班級，學生大喊大叫；往前一看，原來是兩名學生在玩拗手霸，其他學生圍著加油起鬨。

霎時，我急速穿過時光隧道，回到了那些年玩拗手霸的日子。

拗手霸是最便捷最不需器材的遊戲之一。可以在桌子上，可以在椅子上，可以在牆面上，可以在地板上，可以在草地上，只要有可以讓人頂著手膝蓋的地方，便可以進行拗手霸這種遊戲。

拗手霸，有手肘對手肘的，手掌對手掌的，手指對手指的。比賽時，雙方都是手膝蓋頂著桌面、椅面、牆面、地板或草地，手肘對手肘的是雙方手腕超出對方手腕，成交插狀，各自用力，雙方都用右手比賽的便各向左下方扳，雙方都用左手的便各向右下方扳，誰先把對方扳倒著「地」，誰便是贏方。其他兩種比賽方式也一樣，不同的只是，手掌對手掌的是雙方各自用手掌握住對方的手掌扳，手指對手指的是雙方各以一隻或數隻手指勾住對方手指來扳。

「預備——開始！」

裁判的人一聲令下，雙方便用力扳，拗手霸便開始了。

觀眾總是很多的。他們不分男女老少，團團圍住比賽的人，加油起鬨，大喊大叫。比賽的人用盡力氣扳，汗流浹背，額上、頸上暴出青筋；觀眾則出盡力氣，聲嘶力竭地喊叫：

「加油！加油！」

「用力！要贏喔！」

「加油！不然要輸了！」

「再加一點力！就到桌面了。對！贏了！」

「哇！我贏了！」一聲大叫，蹦跳起來，贏的人把滿心的歡欣大叫出來，把滿心的歡欣蹦跳出來。

觀眾也跟著歡欣鼓舞。

拗手霸，主要是用手力。比賽時，想贏，手肘、手掌或手指必須強健有力。在那些年輕的日子裡，大家便風起雲湧地練手力。練的項目包括單槓、雙槓、俯地挺身、倒立、舉重等等，那些項目多多少少都有效。

我除了練這些以外，還練抓甕。所以強化指力也！那是我的獨行秘訣。那時，比賽中指的拗手霸，唯一能贏得了我的，只有阿光一人（甚至到今天，比賽中指的拗手霸，除他以外，我還沒碰到過敵手）。每次和他比，每次他贏。我心裡好不服氣，便每天練抓甕。甕口圓而滑，已不好抓，還要抓著三十公尺來回好幾趟；隨著手力的增加，甕裡放進砂子，越放越多……。這樣練著，練著，練得汗流浹背，手指破皮，手筋酸痛；但是怎麼練都贏不了他。那時他家在做豆腐。他是否是做豆腐推石磨練出來的？我不能確定。現在他人在美國，五年前回來時曾來找過我，已有兩個孩子，都只會說英語。簡直是，唉……相對話舊，搜尋舊有履痕，不勝唏噓！

拾穗

第一期四月冬的稻子開始收割了。稻田裡，隨處可見稻穀收割機在收割。它一趟一趟地繞著稻子走，走到哪裡，哪裡的稻子便被割下，並即脫穀、裝袋，脫過穀的稻稈則沿路橫躺在稻田裡。

見不到拾穗的景象了。

在收割的稻田裡，金陽遍灑著，這裡那裡地閃閃發光。機器桶（腳踩脫穀機）發出隆隆的聲音，農人雙手把一綑一綑割下了垂掛著稻穗的稻稈，拿去脫穀。有小孩子或婦人家跟在農人後面，拾取遺落的稻穗……。

這是一首多富詩意的田園詩，一曲多美的田園交響樂，一幅多引人的收割圖！

只是這一首田園詩，這一首田園交響曲，這一幅收割圖，已成了過去。

那時是經濟比較落後的時代，人們吃的主食——稻米不夠，常常要摻和蕃薯什麼的，小孩子或婦人家便常在稻子收割時，前往稻田裡拾取遺落的稻穗，回家以後，脫穀曬乾，以增加米糧。

對農人來說，稻粒是黃金或真珠，稻穗是珠串，是非常珍貴的。農人教育子女，不可把飯粒掉到地上，否則會遭雷殛；不論何人，吃飯不可把飯粒留在碗裡，吃完飯，碗裡一定要精光，不存任何一粒飯粒。不是他們吝嗇，是節儉！他們辛辛苦苦流血流汗種出來的稻米，怎麼可能不加珍惜，任人糟蹋？那一粒粒稻米，圓鼓鼓的，真的是血是汗！真的是黃金，是真珠！

但是，收割稻子，因為田地大，因為時間有限，沒法把每一穗稻穗都收拾得乾乾淨淨，一穗不留，總會有遺落的；這時，拾穗者便有其存在的另一個理由了。

拾穗者，在收割的稻田裡逡巡著，最常跟在綑取稻稈農人之後；只要那農人綑好稻稈，取走稻稈，有了遺穗，他便一個彎腰，出手拾起，臉上露出一個很動人的微笑。那是多麼愉快的事！拾到黃金恐怕也只有這麼愉快吧！其實，愉快又能如何衡量呢？

可惜拾穗的鏡頭已見不到了。它已是一個歷史名詞，至少在台灣是如此！這一代年輕的台灣人能否瞭解到什麼是拾穗？恐怕難以預測。都是科技發達用機器收割造成的！都是經濟富裕改變人們價值觀念造成的！唉！

剖甘蔗

賣紅甘蔗的又來了。一輛馬達三輪車，載了好多紅甘蔗，綁成一綑一綑的，沿途大聲播放著錄音帶，一邊唱著電視布袋戲裡的流行歌曲，一邊叫賣著：「來喔！好吃的甘蔗又來了喔！趕緊來買好吃的甘蔗！……」有人要買，賣主便把車子停下來，搬一綑到人家家裡。

台灣是甘蔗產地，每年產糖不少，賺進不少外匯；但是專門用來製糖的甘蔗，幹細，皮肉粗硬，不適於吃食。如果勉強吃食，往往會導致嘴內皮肉牙齒受傷出血。適於吃食的，是紅甘蔗，幹粗，皮肉脆而多汁，削皮後吃食，或邊咬皮邊吃，都香甜，清涼，可口，引人垂涎。當然，除了專供食用，也可供製糖；但製出來的不是白糖，是黑糖（紅糖）。

這種甘蔗，在我小時候，另有一項副作用，就是讓我們玩剖甘蔗遊戲。

「剖甘蔗去！」這是小時候常常聽到的聲音之一。當紅甘蔗收成，它便不時響起，響在田野，響在村內，響在白天，響在夜晚。

「好呀！」

於是，呼朋引伴，大家玩起來了。

女人絕少，大多數是男的，也絕大部分只穿短褲頭，赤裸上身。好田園鄉土味！

猜了拳，決定了輪流順序，便開始剖起來了。

一根紅甘蔗，直豎在地上。剖的人，右手拿著甘蔗刀，以刀背抵著直豎的紅甘蔗頂端，左手不得扶持；剖時，先提起甘蔗刀，然後翻轉，說時遲，那時快，在甘蔗未傾斜或才傾斜一點點時，右手拿著甘蔗刀用力向下拉，以刀刃從紅甘蔗頂端直剖而下。紅甘蔗較脆，人操刀用力又不均勻，一刀剖到底剖開甘蔗的，幾乎沒有。隨著剖甘蔗的人的刀子剖下，紅甘蔗倒地，歡呼四起，大家圍了上去。

「一尺！」

「一尺半！」

「四分之一！」

「三分之一！」

紅甘蔗被剖到哪裡，便在哪裡截斷，輪到下一個。紅甘蔗被剖得越來越短，越來越短……

終於有一個給剖到底了。

「來！再來一支！」

於是，再剖！

於是，預定的甘蔗被剖光了。

「比比看，誰輸？」

各人把自己所截得的紅甘蔗，一段段接起來，一個一個比。

「萬草仔輸！你的最短，你付錢！」

除了輸的以外，大家全都大笑起來，大叫起來，大跳起來。輸的則苦笑著，把用來比賽的所有紅甘蔗的價錢付清。剖過的紅甘蔗，大家津津有味地共吃共享……。

但是，現在已很少見到有人玩剖甘蔗的遊戲了。大家忙得不亦樂乎呀！大家被電視機吸引在電視機旁呀！那些剖甘蔗的影像呢？那些剖甘蔗時的歡笑大叫呢？那些「大聲喉」的俚語鄉音呢？……都往哪裡去了？大都已成了歷史的履痕了吧！

扇子

隨著扇子的開始揮動，電風扇的開始轉動，冷氣機的開始放出冷氣，春天是走了，夏天是來了。涼風隨在冷風之後走了，熱氣隨之而至。現在，夏日很霸道，佔領了大地的一切。到處是熱。人們揮汗如雨。

人是無法滿足的，冷時咒罵冷，熱時還不是一樣討厭熱？好在造物給了我們一個善於思考的腦袋，可以用來想出各種方法，製造出各種器物，以避免許多外來的侵害和不便，以保護自己，便利自己。對於熱，現在人們雖然用電風扇和冷氣機來驅除，予我們以方便、清涼和舒適，最早想出來的對付之器則是扇子。

就方便和冷度的要求來說，電風扇和冷氣機是很夠資格的。它們不須人力去操作，自然會送風，會涼，予人以不少方便、清涼和舒適；但是它們不無弊害，而且弊害還相當不小。有人拜它們之賜，患上感冒、風濕什麼的，享受是享受了，卻享受得不一定不痛苦，不一定划得來。

驅熱搧涼，最經濟最方便最沒有毛病的，恐怕要數扇子。

在這個世界上，人沒有十全十美的，扇子自然也不可能十全十美。它最大的缺點是要用人力才搧得了風。但是，沒關係。這並不是什麼大不了的。它的優點多了！它搧出的是自然風，不致常常使人打噴嚏、感冒什麼的，更不會讓人感受風濕。那一搧風來，有如清涼的河水，從身上流過，使人暑意全消，多舒適！這是它的最大優點。至於它的其他用途、屬性，還有下列諸種：

- 夏蚊成雷，到處穿飛，無孔不入，叮得人哀哀叫，它可以用來驅蚊。
- 它可以形成「輕羅小扇撲流螢」的氣氛。
- 它可以當盤子，盛乾的食物，當垃圾桶，把紙屑、瓜子皮、果皮等搬去倒。
- 它可以當棋盤，來下棋，下得天昏地暗，不知所以。
- 它輕巧方便，到室外沒有電源的樹蔭下乘涼，電風扇和冷氣機往往一無用武之地，它卻可大力發揮其作用。
- 文人雅士，一扇在手，悠哉遊哉，美觀自然，並且更增加其翩翩風度。
- 可以題詩題詞在它上面，並加上彩繪，詩情畫意便躍然扇面。
- 取材輕便，用檳榔甲葉可，用竹篾糊紙可，用雞毛鴨羽可，用麻竹刺竹甲葉可，用塑膠板可。

・斗笠、帽子、硬紙甚至一本書、一塊薄木板，都可以用來當它的代用品。

・它可以用來搧火——一般都是用來把火搧旺，西遊記中的芭蕉扇則用來把火搧熄。

・舞扇者，因為以扇子為道具，更增添其氣勢。

很可惜的是，科技的進步，發明了電風扇和冷氣機，以代替人力，人為了省力和方便，漸漸地把扇子丟棄了。大家也只得受感冒和風濕之苦了，又能奈何？

金狗仔毛

去年四月，和省新聞處作家省政訪問團到東部參觀訪問，在某遊覽區看見有人出售金狗仔，無限驚喜，便給買回來一隻，放在電視機上方。如今已經一年多了，它仍然蹲在那裡，每天進門或看電視，我都可以看到。每次看到，便有許多回憶。

沒看見金狗仔，大概已三十年以上了吧！

那是經濟相當落後的年代。米糧不夠，加放蕃薯，甚至全吃蕃薯。要吃肉得等祖先祭日或年節。衣服穿破了，補補再穿。小孩經常沒新衣穿，得撿大的穿舊了或窄了的，有時過年（春節）都不買一件穿。內衣褲用麵粉袋或肥料袋的布製作。住的是茅草平房，牆壁用泥土混合牛屎加稻草或棕鬚，常常冬冷下熱，遇雨，整屋裡便是溜冰場，有滴漏鼓號大樂隊伴奏。路是泥土或砂石的。有富士霸王廿八吋的單車騎，已高興得什麼似的。大多是坐的十一路公車（用雙腳走路）。大家都穿真皮的皮鞋，一踢到石頭或踩到玻璃碎片，便要受傷流血。……

敢問，受傷流血了怎麼辦？

抓一把土粉糝在傷口吧！或是採一些鐵線藤的嫩葉在口裡咬一咬，吐下去也行！比較富有人家就往金狗仔身上拔一撮金狗仔毛來敷。都可以止血的。至於衛不衛生，會不會引發破傷風，會不會發炎潰爛，那是另外一回事。如果是被現代科技寵壞了的「阿娘仔」來敷，想必十個有九個會吧！

據說蕨類植物的頭，長出了金毛，就是金狗仔了。又有人說，往蕨類的頭噴米酒，也會長出金毛，成為金狗仔。果然如何？我未之知。不過，金狗仔是蕨類植物的頭長出金毛而成，卻是千真萬確的。

就像一隻特別小全身長滿金毛的小狗，只是不會動就是了，鎮日站在那裡，蹲在那裡，整年整月站在那裡，蹲在那裡。毛是金黃的，看起來很順眼的金黃，茸茸，細細，摸起來也有「觸電」之感。雖然不動，抱在懷裡，儼然也是一隻小寵物。

為什麼能止血？這我就想不通了。在那些日子裡，不管哪裡受傷流血了，拔一小撮敷上去，血止了，而且往往不必再敷其他什麼藥，傷口自然好了。想是當時大家生活不好，多吃菜類，少吃肉類，維生素多，人身上自然生成的抵抗力強吧！或是大家自小磨練慣了，不怕傷病使然？富裕的生活是好的；但養出來的人，往往是溫室裡的花朵，稍微受陽光曬，風吹雨淋，或受傷，很可能就禁受不起。不知道這樣推理對否？

現在我們的經濟繁榮了，醫學發達了，誰還用金狗仔毛敷傷止血？金狗仔只好流為觀光遊覽特產店的商品了，流為許多好奇人士和懷舊尋找履痕者的擺飾物了。

老榕樹

有那麼一棵老榕樹，站立在阿財寶大姑丈家門前土埕裡。是的，有那麼一棵大榕樹，在那個年代裡，它是全村人會聚、休閒、玩耍的所在。土埕，顧名思義，是泥土地的埕，有些地方還長了草和小灌木，阿財寶大姑丈家人在那裡曬衣物、曬餐具、曬穀子、曬豆子等等，也是我們小孩子玩耍的地方。

我們玩的不少，計有跳繩、跳房子、跳橡皮筋、彈橡皮筋、打彈珠、打陀螺、捉迷藏、拗手霸、突下臍、剖甘蔗、踢錫罐子、走棋、打拳、相撲等等，也捉田嬰（蜻蜓）、釣土蟲、灌土伯仔，大都在老榕樹下，至少也在老榕樹附近。

老榕樹，好大呀！根有多壯，吃土多深，雖然不可得知，但就其樹頭根幹粗壯程度來看，其粗壯和吃土之深，是很可以想見的。褐色樹幹，粗壯圓大，由此向上向外伸展，再長出枝葉，扶疏茂盛，很像一把巨無霸大綠傘。它的繁枝便是傘骨。傘蓬布則是稍頭密密的綠葉。覆蔭的直徑約有二十公尺。小雨很難穿透密集的綠葉遮幕，滴落下來。貪玩的時候，雨來仍照玩不誤。至於晴天，陽光更難穿射進來，成為一片大遮蔭；夏熱時，尤其是大家最喜歡的玩耍所在。在它的覆蔭裡玩耍，是那麼清涼舒適，所有燠熱、煩悶都一掃而空。

它的氣根既多又粗且長，褐的白的都有，風一吹，有些也會飄舞，很像老阿公的鬍鬚，而老榕樹則為一名慈祥的老阿公。它的年齡有多大？是我所不知的。反正，自我認識它以前，它就站在那裡了。

鳥常常飛到這棵老榕樹上棲息。最常見的是厝角鳥（麻雀），其次是青苔鳥（綠繡眼）、烏嘴鵯仔，其他的像斑鴿、白頭翁、伯勞、烏鶖、客鳥（喜鵲）、黃鶯等等，也偶爾來棲息過。牠們有的只是戲耍一下，有的則在那裡築巢而居，把它當成家園。每當牠們在，便有活潑跳躍的姿影在舞蹈、飛翔，便有天韻歌聲傳響。是土風舞？是山地舞？是現代舞？都是很悅目的。是獨唱？是合唱？是輪唱？都是頂悅耳的。這是最安全的地方，傳說榕樹有樹神，小孩子不敢爬上去掏鳥窩，小孩子在這裡打鳥也被禁止。

那年，阿財寶大姑丈去世，他的家眷把房子和地賣了，不知流落到哪裡了。他的房子被拆了，這棵老榕樹也被砍了，又建起了房子，圍起了籬笆，成了另一番景象。

果真是滄海桑田，變化大！

當然，整個村子也起了大變化。

但是，無論如何變化，那棵老榕樹永遠留存在我心中，永不褪色。每當看見榕樹，我便會憶起……。

店仔頭

回鄉下舊居，從鄰村店仔頭前經過。

它已經相當冷清了。店主人夫婦倆已六十幾歲了，相當不年輕。兩個女兒都已分別出嫁。好不孤獨寂寞呀！經過的時候，我還看見男主人躺坐在籐椅裡打瞌睡呢。

我的鄉下舊居，在潮州南郊一個不到十戶人家的小農村。這麼少的人口，自然供不起一間店仔，日常生活所需，只好到鄰村店仔頭買了。

鄉下的店仔頭，可真是貨真價實的「雜貨」店。在那裡，幾乎每樣東西都可以買到。那可不是一般所謂開門七件事柴、米、油、鹽、醬、醋、茶而已，連衣服、肥皂、文具、盛器、金香、藥品、五金等等，雜七雜八，都一應俱全。只要需用什麼，到店仔頭，必定可以買到，獲得滿足。

那時，交通不便，除了走路的兩隻腳，就是單車了；要到五公里外的鎮上買東西，很不方便。店仔頭主人每天騎著單車，往鎮上跑一趟，批回東西，陳列售賣，方便鄉下人不少。有時到店仔頭買東西，貨已售完或沒出售這種貨，只要不急，第二天他馬上給批回來，供應需要，更使鄉下人方便不少。

店仔頭主人很和氣，又好客。大家都樂於向他購買東西。此外，門口有一棵大榕樹，使店仔頭和門前榕樹下土埕成為大家聚合的好地方。閒聊的、講古的、說荒唐的、話桑麻的、乘涼的、突下臍的、剖甘蔗的、拗手霸的、行棋的、打拳的、喝酒猜酒拳的……不一而足。另外，賣菜的、賣肉的、賣魚的，也常常在這裡停下來售貨。有時喧聲震天，有時娓娓而談，有時猜拳聲連連，有時歌聲悠揚。平常是一些有閒的老人家去，比較清淨，如果午飯後或晚飯後，尤其是夏天，這裡便熱鬧非常，翻天覆地，有如迎鬧熱。

最熱鬧的是電視在台灣才出現和我國少棒隊在世界初得冠軍那段期間，大家圍聚過來看，人潮如波濤般洶湧，少棒比賽轉播有時在半夜，鄉人幾乎都起來看，圍看的比以前大熱鬧時看野台戲還多。

照理他們可以賺很多錢，舊屋早已翻修重建的；但店主人就是和氣、好客，所賣東西又價錢公道，所以他們仍住舊居，沒有翻修重建。現在，他們仍守著這爿店。兩個女兒都已分別出嫁，而且嫁得很遠，只剩下他倆老，加上現在交通發達，到五公里外的鎮上買東西，來回不要廿分鐘，大家紛紛自己到鎮上買，又加上忙碌的阻礙，電視的吸引，大家少到店仔頭去了，他們便顯得更孤獨寂寞了。

其實，以前那種景像，那種鄉土人情，是滿可貴的。

稻草墩

在我上下班的四線道旁，有三座稻草墩。每次看見，我便會想起稻草墩的種種。

這三座稻草墩是儲存來造紙用的。以前稻草墩儲存稻草，可不是用來造紙的，是用來養牛和燒火的。

那些年代，農業未機械化，牛是農耕主力，農村鄉下到處可看到牛。不管是大牛、小牛、公牛、母牛，不論是黃牛、水牛，都須吃草。不能只要牛工作而不吃草呀！只要農閒，牛便須放牧。可是農忙時期呢？只好飼以割回來的草或乾稻草了。乾稻草不是隨時有，只有收割稻米時才有。稻草墩因此在收割稻米時被堆疊了起來。古來所謂儲存糧草，其草指的大部分就是這個，其方法便是用的稻草墩。

另一方面，當時科技不夠發達，瓦斯之類燒火器具材料尚未問世，人們燒煮炊爨，一概用爐灶，燒的是木柴、木炭、乾稻草、乾蔗葉等等，大灶耗量尤大，收割稻米時以稻草墩堆疊起來的乾稻草，很可以應用。婦女們一有空閒，便從稻草墩拔出稻草，彎折成約長一尺寬三寸的稻草束，綁成一束一束，以備燒火——當然，婦女們一有空閒，也用同一手法綁乾蔗葉。乾蔗葉則是從採收後的蔗田裡取回來的。

堆疊稻草墩並不容易，需要技術；不然很可能堆疊到一半或將完成，整個鬆塌，四散在地，包括在上面堆疊的人也滑跌下來，只好重來。即使沒有鬆塌，如果技術不好，一下雨，雨水也往往灌進裡面，從裡面爛起，大部分被爛掉，前功盡棄。

稻子收割完了，已脫了穀的稻草，農人須給綁成一束束，企在收割後的稻田裡曝曬；等曬乾了，呈現著淺金黃色，散發出陣陣撲鼻的稻草香，便用牛車（後來是鐵牛車、馬達三輪車、小貨車等等）給載運回家，堆疊成稻草墩，也有在稻田當地，就地空出一塊地來堆疊的。堆疊時，通常在預定堆疊的地面放置一些石頭，以防淹水，發霉腐爛，中央樹一根中心椿，較常用木棉或竹幹，後來也有用塑膠管的，一束束乾稻草從牛車丟下以後，堆疊的人便繞著中心椿，尾朝內地一層層堆疊起來，越堆疊越高，到一定高度，預定稻草已差不多堆疊完了，便逐漸給收束，越收束越小越尖，達於尖尖的頂端，用繩子予以綁緊，一座稻草墩於焉堆疊完成。

在那些日子裡，傍晚到稻草墩去拔乾稻草，是我必做的工作之一。拔了，送到牛槽（牛欄）給牛吃。牛吃得高興，也熟識了我；每次見了我，便搖頭擺尾，表示親切之意。

乾稻草用來造紙，是那時所沒有的，現在卻很時興。堆疊乾稻草以備造紙之風興起，用來餵牛和燒火便少了。——當然稻草墩也漸漸少了，即使堆疊以備造紙，也都堆疊在紙廠的倉庫裡。隨著科技的發達，農業機械化了，牛也少了。瓦斯之類燒火器具充分供應燒煮炊爨，用乾稻草燒火少了。這是時勢所趨，無可奈何！

紙傘

蜜子的么弟送了她一把特大陽傘。雖然以紅布為頂篷，傘柄和傘骨卻都是木頭的，很有紙傘的意味。照理，它是海邊游泳後到沙灘休息時遮陽最好，每當下雨，我上班，卻拿了當雨傘用，惹得大家衝著我笑，有些女學生還羞我，說我拿女生的傘。

遮陽而用陽傘，是現代人流行的事。不知是什麼時候開始流行的？每當仲夏，豔陽高照，街頭巷尾，仕女們來來往往，總撐著花花綠綠的陽傘，和她們五顏六色的衣著相映襯，顯得特別多彩美麗，婀娜多姿。也是可以一看的現代景觀之一。

在我小時候，是沒有陽傘的；大家用的是紙傘。

紙傘，顧名思義，是用紙做的。傘柄和傘骨則全是用木頭或竹子做的。它不僅當陽傘遮陽，也當雨傘擋雨，是多元用途的。予我印象最深的是，客家婦女每每穿了藏青寬衣袖寬褲管的衣服，撐了紙傘，在稻田裡，用腳除草。那情景，好像一朵朵會移動的菇蕈。

木頭或竹子做的傘柄、傘骨，撐開紙製的頂篷，這樣一把紙傘，頂得住風吹、雨打、太陽曬？木頭或竹子不會被折斷？傘紙不會很快破裂？

會是會，但是很不容易！

木頭或竹子是經過特別挑選、製作的，沒那麼容易被折斷！至於傘紙，則是用的厚牛皮紙，加漆了桐油的。整個紙底是黑色的，外面傘骨頂著的地方則是綠色的，以致合起來時，看似一根綠色木頭。加漆了桐油的厚牛皮紙，不但不易破裂，而且因為有油質，雨打上去，只聽噼噼啪啪響，卻很快成為水珠，滾落傘緣，掉落地面，化為烏有。它唯一懼怕的是尖東西，譬如釘子、針、尖刀等等，一戳即破。必須對這些特加小心。

那是很具特殊鄉土風味的東西，很使我懷念。每次想起，便似乎看見有人撐著它，在太陽下或雨中行走，或看見客家婦女在稻田裡用腳除草，尤其聞到桐油濃濃的特殊油香味。

有人說，回憶是年老的象徵。

大概是吧！不過，我寧願說，這是一種念舊，鄉土情懷，尋求舊根，檢視舊履痕。

事實上，舊根或舊履痕就是本，就是傳統。是人，就不能忘本，就必須以傳統為基礎，然後才能創發有成。無所本，沒有傳統作基礎，在這多歧的社會中，很容易混淆價值觀念，迷失自己，尤其在這西風東漸，物質生活享受汩沒一切的時候，更容易迷失。

現代人，一切講求效率、精美。紙傘較笨拙、古典，不夠耐用，不夠美觀，是事實，所以已經很少見到，甚至流為觀光區的觀光特產；但其鄉土的特殊意味，傳統基礎的作用大矣！尤其我當年用過，它曾為我遮擋過多少風雨、烈陽，我怎能不懷念？

一雷破九颱

氣象預報，佩姬颱風要來了，是個強烈颱風，可能轉為超級強烈颱風，行進速度相當快，如果方向不變，兩日內即吹襲本省。

這是高中聯考前兩天晚上電視播出的颱風消息，次日報紙也顯著登載著。大家都很著急。我更著急。我家老二正要參加高中聯考。如果佩姬颱風來了，即使考試沒有延期，在風雨中陪她去考，也不是玩的。

很幸運的，高中聯考的前一天，午飯過後，我聽到了幾聲隱隱的雷聲。我心中相當高興。可惜希望聽到幾聲霹靂大雷聲，卻落空。但這已夠了。俗云：「一雷破九颱！」既有雷聲，颱風不會來了！

我說出這話，別人卻不相信。我說自古以來便都如此。從小，每次颱風警報，如聽見雷聲，除了有一年「西北颱」以外，颱風都不曾來。

我一說，雖然他們不再正面反駁我，臉色卻顯出不以為然。那天晚上電視新聞氣象報告又播出，佩姬颱風已轉為超級強烈颱風，直撲本省，次日聯考是否延期，請看晚上十時半到十一時半電視消息。到晚上十一時報告新聞，又說聽次日早上六時至七時的廣播。

這一來，他們更有話說了。他們振振有辭地問我：「你是相信有科學根據的氣象台？還是相信俗諺俗語？」

我有些動搖了。俗諺是那麼說了；但氣象報告卻很明顯和我作對，而且咄咄逼人；我從小在鄉下便相信的俗諺要被擊垮了嗎？

第二天早上起來，也無風也無雨，還有一些陽光，只是天氣悶熱。這是颱風要來的前兆吧！聽廣播報告新聞，說佩姬颱風已由超級強烈轉弱為強烈，但是方向仍然不變，直撲本省，高中聯考照常舉行。

我的信心再度恢復了。「一雷破九颱！」

那天真是又悶又熱。陪老二在鳳山參加聯考，簡直苦死了。

那天下午，又聽見雷聲。

「聽！有雷聲！」

蜜子回說：「確實有雷聲！」

「颱風不會來了！」

「但願如此！但是氣象台的預報說，颱風仍直撲本省，沒有轉向。」

整天無風也無雨，太陽相當烈，悶熱得很。是颱風來的前兆吧！到了晚上，電視氣象報告仍說，強烈颱風配姫，直撲本省，沒有轉向，高中聯考第二天是否延期，聽次日早上六時到七時的廣播。

第二天早上起來，聽廣播，仍說颱風沒有轉向，直撲本省，只是方向可能轉西，強度也稍為減弱，高中聯考照常舉行。

我更具信心了。「一雷破九颱！」

「看，颱風轉弱了，方向也可能轉變了，不會來了。」

「不管來不來，考完再來就沒關係了。」

「一定的。」

又度過了一個悶熱的下午，當高中聯考最後一科考完，考生鬆了一口氣，我們陪考的也鬆了一口氣。

那晚開始下雨，有風，次日仍然，然後慢慢雨少風弱，然後雨過了，風過了。颱風終於沒有來，轉向西北西，裙帶掠過本省南端，沒什麼重大損失。

很多俗諺俗語都是前人智慧和經驗的結晶。「一雷破九颱！」這諺語我是相信的。從小我便親自觀察經驗過了，除了一次「西北颱」外，都很準。但是為什麼會這樣？我一再問人，一再查書，查科學辭典，就是問不到，查不出。我只猜測，那是氣壓的關係。

打赤膊的日子

好熱！唉，好熱！把上衣脫了吧！打起赤膊來，多涼快，多自由，多清爽，多自在！就這樣，我脫去了上衣，打起了赤膊。

太熱了！沒辦法！

時值仲夏，強烈的陽光把大地烘烤得熱烘烘的，柏油路都被曬軟了，人們揮汗如雨，在科技進步的現代，有冷氣設備的，趕快開冷氣躲進去，可以減除被烘烤之苦；沒有冷氣設備的，靠抽風機抽風、電風扇吹氣和自己拿扇子揮搧，其實作用不大，吹來吹去，搧來搧去，還不是那些熱風？何不像以前，把上衣脫了，打起赤膊來？

說是這麼說，有幾個人敢這麼做？為了禮貌，為了文明的束縛！雖然我敢打赤膊；但是總在熱得受不了時才做，只有在家裡敢做，一出門，再怎麼心不甘情不願，也只好把衣服穿起來了。不能「穿幫」呀！不能被視為妨害風化呀！據說現代有人為了怕熱，把水缸儲滿了涼水，然後浸在裡面寫作。這樣，涼是涼了，卻很不方便。稿紙會被弄濕！還有，出門還不是要為了禮貌和文明的束縛，穿起衣服？

小時候，我們才不理這些什麼禮貌不禮貌，什麼文明的束縛不文明的束縛呢！我們小孩子，每到夏天，天氣一熱，便脫得只剩一條水褲仔（內褲），到處亂跑。

那時在鄉間農村，我們是名副其實的野孩子，每天到處跑，到處野，很少人管。只要天氣一熱，便整天打著赤膊，只穿著水褲仔。我們一個個生龍活虎似地跑、跳、蹦、叫、笑，玩遊戲，放牛，打野球，抓蟋蟀，釣青蛙，戽魚，游泳，踩過產業道路和田間小路，穿過田野和蔗園，皮膚被曬得一層一層地脫掉，曬得黝黑發亮，活像一個個小黑人；但是沒有一個人是怕太陽的。好玩嘛！沉醉在各種活動中，哪還會理太陽？太陽再烈再熱再毒，是他太陽的事，與我無關！其實，說無關也不頂對，是越曬越健康！至於怕羞，那是文明的產物。那時大家都一樣，有什麼好羞的？必須「不一樣就是不一樣」才會怕羞呀！

被衣服保護慣了的文明人，一打赤膊，可能沒幾分鐘就打噴嚏、感冒什麼的，尤其是對著電風扇或冷氣機，現在的我有時也會如此；我們那時可不。慣了嘛！全年幾乎有半年以上是打赤膊的，什麼感冒之類的小病，哪個敢來侵襲我們？事實上，我們也不知道什麼是感冒。打噴嚏了，脫了衣服，到田野裡跑一跑，流一流汗，好了！我們不是溫室裡被保護再保護的花朵，是在室外被風吹、雨打、太陽曬磨練出來的勁草！任何本事本來就需要鍛鍊，需要吃苦，才能練就擁有。小時候，多野，多遊戲，對一個人的成長是有幫助的，可以累積經驗，長大後也會有許多可回憶的趣事。

以現代文明人的眼光來看，打赤膊自然不雅觀；但是永遠受衣服的束縛，也太熱太受拘束了。

打起赤膊來，多涼快，多自由，多清爽，多自在！到現在，太熱了，我仍會不自禁地打赤膊；但是出門或有客人來，我便只好穿上衣服。有什麼辦法呢？即使那是現代人的假面具，仍得要穿呀，誰叫時代要這樣文明？

裝鬼

看到有人釣青蛙了。

又到了雨季，天氣炎熱，雨量充沛，在春雷過後開始活動的冬眠動物，到現在已達到最活躍的時節。不是嗎？蟲、蛇到處爬動！青蛙夜鼓猛敲！……於是，看到有人釣青蛙了。

其實，現在要看到真正有人釣青蛙，機會已不多了；偶爾在偏僻的小水溝看到小孩子釣著玩，倒是有的。有人發明用釣鉤放釣，此其一。農藥把青蛙毒得變少了，此其二。有人養蛙出售，此其三。經濟繁榮，人們價值觀改變，釣青蛙值不回票價，此其四。我小時候，沒有人用釣鉤放釣，少農藥，沒有人養蛙出售，經濟落後，吃食不足，需要野生動植物來補足，在鄉下，不釣青蛙者幾希？

釣青蛙，夜間比白天釣得多。白天釣青蛙總要到有水的地方，而且不能被發覺，否則就釣不到；但是夜間則不同，青蛙總跑到陸地上，被電石燈一照，便傻了，見到釣餌，開口就咬，很好釣。不過釣法白天和夜晚稍有不同。白天釣青蛙，線要放短，取其方便，不被風吹去纏住外物！青蛙一咬釣餌，釣者立刻把釣竿向上一挑，青蛙便被拋向空中，形成一個弧線落下，釣者把袋子伸前一接，便接住了；夜間則不同，青蛙被拋上來，天空是一片黑，看不到，如何去接？移動電石燈去照，給田野的擾亂太大，又因沒有第三隻手取袋子，袋子是用同一隻手取著的，根本不可能又要動燈又要動袋子，因此釣線就得放長，當青蛙咬餌，便直接拉過來，放進袋子裡。

夜釣青蛙，體能弱，膽子小的，不足以擔當。大概說來，小孩子和婦女是很少的。怕黑！怕鬼！即使大男人，也不一定敢去。這項工作，幾乎成了某些人的專職了。他們幾乎以此為維生的方法，每天白天睡覺，夜晚才出去釣。村裡有好幾個，大多是羅漢腳。其中成績最好的要數坤柱仔。

不可否認，他是釣得最多的，也是最會吹牛的。他常常吹他膽子多大，連鬼看到他都得躲開；因此，他敢到別人不敢去的地方釣，而這些地方青蛙最多。少人敢去釣！

村裡好多年輕人很不服氣，便想裝鬼嚇唬他，看他敢不敢再吹牛。

「真的？」那天他又吹牛了，明安便不服氣地反問他。

「當然是真的！」

「大腳仙林埔（墓地）你敢去？」

「當然敢！」

「今天晚上，我跟在你後面，看你是不是真的敢去？」

到了晚上，他們兩個人一起出去釣了。當他們走到大腳仙林埔水溝邊時，預先埋伏的阿林仔出來了。他穿著蓑衣，四肢在地上爬，爬過來又爬過去，口中不住發出怪叫。

「鬼！嚇死我了。快回去！」明安說著，回頭立刻拔腿就跑，希望引起坤柱仔的恐懼心，也跟著跑，他們的計就得逞了，明天就可以大訕他了。

「怕什麼？我打鬼給你看！」沒想到他一點都不怕，放下右手的釣竿，蹲下身，從地上拾起大塊小塊的石頭和土塊便丟，丟得裝鬼的阿林仔哀哀求饒。

「不要丟了！是我啦！」

「不要命的就裝鬼吧！」

第二天，坤柱仔的牛吹得更大了。

珍貴的鄉情

鄉間的人情味原來是很濃的，濃得化不開，濃得有時叫人心疼，叫人受不了。雖然現代文明的魔手已經伸進鄉間來了，很多鄉間的人情味已被沖淡，甚至被沖散；但是還有不少仍然留存著，尤其是老一輩的人身上留存得最多。

想想那些日子吧！在那些日子裡，雞犬相聞，鄉間村落，大家何其親密，相互之間總是稱兄道弟，呼姊喚妹，幼輩的對長輩總是叔叔伯伯地叫，阿嬸阿姆地稱，全村如一家，真是民吾同胞，四海之內皆兄弟也！哪家新收穫了水果或農作，總是鄰居也有份，一家送一些，大家嘗新。耕種或收穫，都是互相幫忙，大家一起來，不必人喊。

在那些日子裡，外地人到村子裡找朋友，如果問姓名、住址，是找不到的。在鄉間，誰管家裡門牌號碼、真實姓名？比較糊塗的，恐怕連自家門牌號碼都不知道呢。都叫的村名，問的偏名，只要問村名，問偏名，被問的村人會馬上說：

「啊！是找豬哥仔呀！在這邊！你隨我來！」然後帶你到他家，拉開大嗓門，給喊出來見面。

我家有一個住在東港的妗婆，直到她去世前，每隔一段時間，就帶了一大堆魚，走路到我家。

我初次識得她時，她已五十幾歲了，身子矮矮胖胖的，並不很靈活，走路也不快；但是近廿公里的路，她可以安步當車，不辭勞苦地走來，還帶了一大堆魚。搞清楚！是用雙腳走路哪！走了近廿公里哪！這魚，會有多重？魚一定是她越走重量越增加的，所增加的重量，除了她的疲勞外，我敢打賭，一定是鄉情！後來我才知道，她每來一趟，半途都要在路邊休息好幾次，尤其是年紀越大，休息的次數越多。這是後來有一次她不自覺嘆年老力衰才透露出來的，不然我還以為她能走，還以欽佩的眼光看她呢！

現在，我還有一個姑姑仍然維持這樣的淳樸之風。

她住在泰山，到我家約有四十公里路，仍然維持每隔一段時間來一趟的習慣。每次她來，總帶一大堆農產品，最常的是鳳梨和芋頭，前幾天來，還特別加了兩顆改良異常珍貴的牛乳鳳梨呢。

現在台灣交通便利，貨暢其流，加上科技冷藏技術好，除了不能冷藏的東西，任何時候，任何地方，都可以買到想要的東西。鳳梨和芋頭，我什麼時候買不到吃不到？她卻要提那麼一大堆，從她家乘車到屏東，再轉車到潮州，由車站走很遠的路到我家。請她不要帶，太粗重了，來時打電話，我去載她，她總不。她總要帶那麼一大堆地叫我心疼。我能如何？

多麼可珍貴的鄉情，濃濃的鄉情！濃得化不開，有時濃得叫人心疼，叫人受不了。它們已將被現代文明的浪潮沖淡。合該多加珍惜！

古井

古時候，數家人便共有一口井。所以供給水源也。

舊居西面，緊鄰黃家屋後，有一口井。小時候，我常常要去汲水，予我印象很深。那口井，直徑大約有二公尺，高出地面後，砌以一塊磚那麼寬的圓形井欄，高可半身，四周地面鋪以水泥，整個面積，約有六公尺見方。全村人，不論何時，只要需水，都可以提了水桶去提水。洗衣服，洗身軀，喝飲……全村各種用途的水，都在這裡。

汲水的水桶，較小，方便到井底汲水拉上來！綁一根麻繩，放到井裡，在水面一搖晃，一抖動，然後鬆繩，讓小水桶倒栽入水裡，浸進水裡，便可拉起整桶的水了。這一技術，對初汲水的人來說，也不是頂簡單的事。汲起了水，倒進自家帶來的大水桶，等倒幾次，水滿了，便提回家。

從一兩丈深的井裡汲上來的水，是清而涼的，當場喝飲或提回去煮東西，均無不可，好些人不懼衛生問題，將嘴就著小水桶邊，便大口小口地喝將起來，享受那股無比清涼。我也是其中的一個。更常的是，當時大家打赤膊，只穿水褲仔，把水汲起，往身上便沖，尤其從頭上沖下，全身的濕漉，全身的清涼！哇，多好！

在這裡洗衣服是常見的。在清晨，在傍晚，在晚上，那是洗衣服最好的地方。拿一張小板凳，就在水泥地上洗。但是地方不夠大，大部分人仍到廊溝裡洗。

這裡也是過年過節殺雞宰鴨的最好所在。那時經濟不好，平日雞鴨是難得吃到的；只有過年過節或祖先祭日才有得吃。因此，每屆過年過節，這裡便顯得很熱鬧，大家殺雞宰鴨，忙得團團轉，弄得羽毛到處放，血水到處流。等結束，羽毛一收，汲水一沖，這塊水泥地又回復乾淨的原來面目了。

井邊這塊水泥地，也有積水的時候，尤其是雨季，常使較漥的地方積水不乾，滋生青苔，滑得人四腳朝天。

每天傍晚，我都來汲水，提回家儲放在水缸裡。這是我的每天例行工作之一，所以使母親免去提水之苦也！提水對我則有鍛練身體的副作用。

水泥地西北面，有一棵高莖仙丹和一棵夜合花，前者的花大紅不香，後者的花則潔白清香，兩者相映成趣，也是大家流連的地方。開花時，大家大都採一兩朵夜合花回去，使家中滿室生香；但仙丹則沒有人採。

我們也一再溫習著與井有關的故事，譬如烏肚力仔下到井底清井，被他父親填下石頭活活埋死的故事；譬如貞婦投井自殺的故事。……不過，村裡這口井卻一直是乾淨的，永遠是村裡大家用水的來源。井水清涼，不受污染，正是村民質樸的象徵。

只是，現在這口井已被廢棄了。不為別的。抽水機的深井越打越深，把水吸去了呀！古井的水便越來越淺，終於乾涸了。哇，好可怕！全村的水源竟然枯了。好在科技發達，嘉惠大眾，全村人家都裝起自來水了。用水不虞匱乏了。

廍

舊居所在的村子名叫廍邊，乃因在廍之邊也！

廍是糖廠甘蔗集貨場。我一直相信，它正確的字應該是「埠」，可能是哪一位前人一時找不到正確的字，就依「有邊讀邊，無邊讀中間」的讀音原則（不一定正確），造出這個字來，後人跟著用到現在。康熙字典都找不到這個字呀！

其實，舊居所在的村子已距廍相當遠了。原來的村子在現在這一個村子的東南方約一公里的地方，有二、三百戶人家，居民全為許姓人氏，日本起山（侵台）後，為了在毗鄰建軍事基地（現在已為糖廠蔗園及跳傘練習場），就把村民趕走，把廍遷走。村民大部分都走散了，只剩我們幾家死戀故土的，遷到現址，後來幾經滄桑，只剩不到十戶人家，許氏人家只剩五戶。這些年來，我在許多場合和人談起，有時還有人記得有這麼一個「許家村」呢！

年輕一代，對廍的印象已不深了，甚或沒有印象了。

甘蔗是台灣的一大特產。蔗糖輸出所賺的外匯，有一段時間相當可觀。台糖自種甘蔗，自榨蔗糖，是其中最大宗的。民間也有人種，卻並不多，均送台糖的糖廠榨糖。甘蔗種得多，種的地廣，輸送是一大難題，台糖便鋪鐵軌，行駛五分仔火車，用五分仔火車載送。於是各處有甘蔗集貨場了。這甘蔗集貨場便叫廍。

每當冬日，甘蔗採收了，甘蔗被採收工人砍下，砍去蔗尾，砍成一截一截，然後綁成一綑一綑，放在甘蔗壟上，等車甘蔗的給搬到牛車上，載到廍裡，由五分仔火車載送到糖廠榨糖。那時，「駛牛車的」，「車甘蔗的」，還是相當出名的一種工作呢！

我們小孩子，別的不會，去那裡玩，去那裡看，是有的，尤其是「土猴（土蟋蟀）損五穀」——偷吃甘蔗；但在廍裡比較困難，往往車甘蔗的用牛車車到半路，我們跟在後面，偷偷抽取了吃。

除了鐵軌距離較小（是否和閻錫山的山西火車鐵路一樣？），均為貨車，五分仔火車和當時的火車沒有什麼兩樣，也燃煤，冒黑煙，也定時行駛。它總是拖來空貨車箱，把裝滿甘蔗的車箱拉走。車子走得不快，車上除了司機，還有一兩個隨車工作人員，到平交道便要下來指揮交通，到廍前要下來變換車道。

在它來前，廍裡的工作人員便須把原來的空貨車箱裝滿甘蔗。當然，這牽涉到採收人員、車甘蔗的和裝甘蔗的。他們要相互配合得很好，合作無間。於是採收人員在甘蔗園裡忙著採收，車甘蔗的忙著一車車地車到廊裡，裝甘蔗的在廊裡忙著一綑綑給丟到貨車箱裡裝滿，大家手忙腳亂，忙得不亦樂乎！

國際糖價受果糖的影響，不很樂觀，台糖已把部分土地出租給民間種植瓜果、檳榔等作物，加以時代在變遷，科技在進步，種甘蔗的技術在改變，以機器代替人力，台糖已把廊改名農場，雖然仍集聚輸送甘蔗，由五分仔火車載送到糖廠製糖，但盛況已大不如前，所以很多年輕一代對廊的印象不深，甚或沒有印象了。

也沒什麼不好！時代在改變嘛！

貓尾狗

你能否想像，如果有一隻狗，牠的尾巴接的是貓的，牠會如何？不可能？神話？我必須告訴你，在這一生中，我卻真真實實見到過。

怎麼裝上去的？我所知和你差不多，無可奉告。不過我可肯定地說，那是天生的，不是人工裝上去的。是突變？是貓狗雜交的結果？都有可能。但是我必須說，這只是猜測。我確實不知道。

大概距今有三十年了。那時我是一個高二的學生。也是和現在一樣溫熱的季節，我到台北警察學校參加救國團辦的戰鬥訓練，練拳擊，為期一個月，回潮州後，到鄰村阿明家找他，首次見到那隻狗的。

那是一隻灰色土狗，和一般鄉下常見的土狗沒有什麼兩樣。當我到阿明家門口時，牠突然邊吠叫邊衝出來，作勢要咬我。

我大驚。阿明家我很熟。我敢確定他家沒有這隻狗。如果有，那必是我到台北受訓這一個月中養的。這段期間，我和阿明互有通信，他卻沒有告訴我。大概這不是什麼大事吧！信總有其不足處。有些事，信上總會被漏掉的，譬如這次結訓回來，我就沒事先告訴阿明。牠那麼兇，真叫我心中怕怕。牠一直邊吠叫邊向我衝來，叫我手足無措。偏偏阿明家沒有人。這是中午時候，人們不到田裡，想當然他家是有人的，只是可能都在睡午覺了。這麼個難題丟給我，真叫我不知如何是好。我只好大叫：

「狗仔！」

牠聽到我這一聲叫，便不吠叫了，向左右各看了幾下，突然把身體彎成一個石磨，口中不住地叫著，車轉起來。我定睛一看，原來牠一次次地張口邊叫邊要咬牠的尾巴，咬不到，便車轉起來……。

「其正啊，你回來了。」

是阿明。在屋簷下，被太陽一照，他的眼睛瞇成了一條縫。是午睡被吵醒加上強烈太陽照射的緣故吧！

我們走進他家客廳。

我還惦記著那隻怪狗；但回頭一看，牠已不再車轉身體，懶洋洋地躺在屋簷下了。

「那隻狗仔是怎樣？」

「那是一隻貓尾狗。因為牠的尾巴是貓的，所以大家都這麼叫牠。我們知道，狗一看到貓就窮追不捨，不是？牠的尾巴既然是貓的，只要回頭看見自己的尾巴，便以為是貓，便會轉身要去咬；但咬不到，只好車轉身，邊叫邊轉身了。」

「好兇！」

「是好兇！不過沒關係！如果牠衝過來要咬你，你不要怕，不要跑，只要大叫幾聲，牠便會停下來，左右看幾下，看到牠的尾巴，牠便忘了人，急忙要去咬自己的尾巴，車轉不停了。」

原來如此！剛剛我來碰到的那一幕便是了。

「以前你家沒這隻狗呀！」

「是二十幾天前牠自己跑來的。」

這隻狗轟動了附近幾個村子。大家都驚奇於牠的尾巴是貓的，常常要跑來「親眼目睹」一下，要逗牠表演。牠成了附近村莊居民的逗樂物。

我大學二年級那個暑假回潮州，這隻狗已不見了。據阿明說，是某個雨夜裡走失的。

火龍子

常聽人說，蟑螂是生命力繁殖力最強的動物，遠古時代最強壯的動物恐龍已經從世界上消失了，牠們仍然存在，而且適應力極強，人類想盡辦法，用盡藥物，想要撲滅牠們，總是撲滅不了。牠們到處爬，到處鑽，到處繁殖，無孔不入。這話是不錯的。但是除此之外，世界上還有一種和蟑螂相近似的動物，雖然個體的生命不長，卻到處繁殖，到處飛翔，無孔不入，令人討厭至極。那就是蚊子。

是最令人討厭至極呀！看，那蚊子飛來了，叮你的手，叮你的腳，叮你的臉，叮你的耳朵……一掌拍過去，啪的一聲，沒拍準，牠飛走了，人被拍疼還不打緊，被叮的地方還紅腫起來。好癢噢！只好抓，卻越抓越癢，氣死了！可是還沒氣過呢，牠又來了，在耳畔，嗡嗡地叫，叮你的耳朵，你的頸子……又一掌拍過去，牠又飛走了，換叮你的手，你的腳，你的臉……你還能說不討厭？而還不只此呢！如果被帶有細菌的蚊子叮了，還常常會生病！

如何防蚊驅蚊？用ＤＤＴ噴？用蚊香薰？

蚊子照樣有！死不光！

在那些日子裡，我們驅蚊，是用的火龍子。

住在溫熱的南方，一年四季，幾乎天天遭蚊襲，只要天氣稍暖，只要一入夜，蚊子便跑出來襲人，夏秋暖熱多雨，蚊子尤其多。牠們紛飛著，在空中，形成一溜溜蚊煙，形成一面面小小的網，一群群便是一溜溜蚊煙，一面面蚊網，有時不小心，跑得快，衝進蚊煙蚊網裡，便整臉是蚊子，有些跑進眼睛裡，那才是傷腦筋。傍晚放牛回來，總讓牛到爛泥窪裡翻水，沾得全身是泥，沾之不足，還用手抓爛泥給糊得全身都是，牠一揮尾巴，把人噴得星星點點，也不以為忤。此外，也綁火龍子，點燃了，放到牛欄裡，讓濃煙去驅走蚊子。不為別的，愛犢情深也！

那是沒有廣播電視的日子，每到暖和的日子，只要天不下雨，吃過晚飯，全家便拿了籐椅，搬了長條椅，到屋前埕裡。大人是聊天，說荒唐，話桑麻，小孩子是聽故事，玩各種遊戲，捉螢火蟲，大家群聚在一起，共享天倫之樂，有時鄰居也相互過訪，敦睦鄰誼。這時蚊子便來了。牠們會聞人的體香哪！只要人們群聚一起，牠們便來了。嗡嗡嗡，嗡嗡嗡……好討厭！用手掌去拍，用葵扇去拍，拍不到，有時拍到了，拍出一掌血，一葵扇血，還是拍不盡，越拍越多，才拍過，嗡嗡嗡，又來了！只好綁火龍子來驅走牠們了。

火龍子是用稻草綁成的。從稻草墩拔來稻草，給排成一人高的圓形稻草束，直徑半尺，一尺左右綁一次，從一端予以點火。它被綁，不會燃燒開來，不會很快燃燒完；但也不會熄掉，就那麼冒著煙，沒有完全燃燒，慢慢燃燒，一天夜晚差不多燃燒一束，把蚊子驅走。

小時候，我們就靠這火龍子驅蚊的。

但是火龍子是否只有驅蚊這個用途呢？不止！當時大家沒穿鞋子，雨鞋更不可能有，到秋天時，雨淋漓，常常踩得雙腳腳底皮薄，遭水濕細菌侵襲，又痛又癢，趾縫間尤然，便趁夜晚燃火龍子時，把雙腳懸放在火龍子燃燒地方的上空，給煙薰，薰死細菌，薰厚腳底皮，如果在火龍子燃燒的地方加埔薑仔，則更有效。我們是常常這樣做的。

至於為什麼叫火龍子？大概是因為一束圓圓長長的稻草束，又燃燒噴煙，像龍吧！或因為它能驅蚊？前人沒有留傳下來，我們這一代人自然也不得而知了。

撿陸螺

撿陸螺的日子遠了；但是每次從賣炒螺肉的攤子旁經過，便不禁要憶起……。

陸螺就是蝸牛。這種有殼軟體小動物，見青就吃，凡是植物，很難逃其口器，是一種害蟲，消滅之猶恐不及，日治時代日本人卻從南洋引進，在台灣繁殖，由於牠們繁殖力強，很快便使原來沒有蝸牛的台灣到處都是。剛剛引進時，也和幾年前有人引進金寶螺一樣，視之如珍寶，用鐵絲網給圍，用床給睡，用窩給躲，飼以菜類，後來養得多了，不值錢了，便棄之如敝屣，牠們便繁殖開來，成為台灣農作尤其是菜類的大禍害，農人恨之入骨，欲除之而後快。嘗記小時，常常一大早便要到菜園巡視，給撿走，也常常要把灰燼倒在菜株的根部，使牠們一來，黏液便被吸乾，走不動，防止其為害。

不過，我這裡所說的撿陸螺，不是專指防陸螺為害農作的撿，乃指撿了吃食的撿。陸螺，平日總躲在草叢、穢物堆、石頭縫，反正牠們喜歡陰暗處就是。每到下雨後，天氣涼了，空氣新鮮了，正是牠們出來討食的時候。這時，田野裡，鄉間小徑，滿山遍野的陸螺，一顆顆小孩拳頭般大小，大家便成群結隊去撿，撿得一水桶一水桶的。

撿了幹什麼？

不是給毒死，也不是給燒毀，有時太小了砸碎了給雞鴨吃倒是有的，絕大部分則是煮成螺肉吃。

那是一個經濟相當落後凋敝的年代，不但吃食粗糙而不精細，甚至常常吃食不足，便要求諸野菜、野物。野菜如刺莧、知母菜（馬齒莧）、烏甜仔（龍葵）、鵝仔菜（鵝兒腸）、過貓（過溝菜蕨）等等，野物如老鼠、山兔、青蛙、野鳥、陸螺和河裡野生野長的魚蝦等等，這些野菜、野物常可補吃食之不足。雨季時，這些野菜、野物最多。陸螺便是其中之一。

陸螺撿回家以後，在前埕或後園，拿把鈍菜刀，一面砧板，便可坐在小板凳上製作起來。先將陸螺殼打碎，再切去其肚腸，留下其「足」，然後用灰燼脫去其黏液，最後用明礬洗淨，便可煮了吃。是乾炒，是湯煮，都可以，都同樣好吃；但一定要放九層塔（香菜）、薑和醋。這些配料放進去，除調味外，乃所以防陸螺中血絲蟲也。當時科技不發達，人們卻知此道，確實不簡單！

後來有人收購陸螺，說除生吃外，也可製罐頭，所剩的殼和肚腸可碾碎了製造肥料，於是鄉間掀起了一陣撿陸螺熱，滿山遍野的人，翻呀找呀，翻找到石頭堆、垃圾堆、香蕉園、雜草叢，甚至夜晚有人拿了電石燈或蓄電池燈去撿；撿光了，便有人養了賣，又回復到日治時代剛引進時的情況了。

現在在鄉間，要找陸螺已難了。被撿去賣光了嘛！

那片竹林

舊居在潮州南郊，距離省公路（現在屏鵝公路）約五百公尺。當年，沒來過我家的人，我除了請他們認水塔，總請他們認那片竹林。水塔是日本據台時軍部建造的，在我家東方，距離我家約三百公尺，現在已廢；竹林則緊接我家屋後，約有一分地。這是當年從省公路辨認我家的最好標誌。

那片竹林，主要是種的綠竹、長枝仔和刺竹三種，鬱鬱菁菁，好不壯觀！

綠竹是用以生竹筍，供人食用的。每年大約秋末冬初，先父便把成竹砍了，使它只剩稀疏的幾支幼竹，然後把被砍了的竹頭覆以鬆土，覆得高隆起來；待到次年春天，竹筍便從被砍了的竹頭長出來，我們便去割下來，一部分自己食用，一部分出售。綠竹筍不能讓它長出地面，否則甲葉顏色會由嫩白變青色，叫出青，便味苦不好吃；所以必須要在未出青以前給割下來。它長到未出青時是在土裡，如何認知？總不能每天去挖開土看看再覆上去呀；如果這樣，那可煩了。事實上，種過竹子的人都有經驗可以認知。如果它長到可割了，那個地方的土便高突了，鬆軟了，而且稍為濕潤，土色稍黑。只要發現有這現象的地方，一挖開土，便有碩大幼嫩的竹筍好割了。竹筍長最多最快的時候，是雨後；因為它吸足了水分了。常言所謂的「雨後春筍」，就是這樣來的。又颱風後，也可有筍好吃。那是長枝仔和刺竹的幼竹，因為幹太脆弱了，為風所折，大家便在風後去撿了，削下嫩的部分，煮後浸在水中一段時間，把苦味浸失了，然後炒了食用，有時候有酸筍的味道。酸筍是用痲竹筍做的。此外，竹林中有一種副產品，是一種叫雞肉絲菇的野菇，也很好吃。都長在竹下，像小小的灰色雨傘。

長枝仔和刺竹是專供建築、製器用的。那個年代，鋼筋水泥的現代建築不多，即使上等人家住的瓦屋都用竹子為樑為椽為角仔，木屋、草屋便更不用說了。樑自然須找最大最好的刺竹，其他便用的長枝仔。這些竹子，總要培養好幾年。種這種竹，有時自己家建築可以用到；不然總讓它一年又一年地長，直到有人要買才砍。或者也可以用來製竹器。竹器可不少！篩、籮、筐、椅、雞籠、筷子、地下水管、畚箕、卡子（魚簍）甚至老鼠斬等等，都可以用竹子做。每年父親總是趁農閒，砍幾支竹子來做家具，有一部分我也會做。當時情景，至今猶歷歷在目。

有竹便有鳥。這是必然的。我家那片竹林，綠蔭深濃，招來不少鳥。斑鴿、麻雀、青苔鳥、烏嘴鵯仔、伯勞、黃鶯、貓頭鷹、鵪鶉、烏鶖、雉雞、米雞、竹雞、烏鴉，以至田企、白翎鷥、客鳥、老鷹等等，凡南台灣所可能出現的鳥都在這裡出現過。小時候頑皮，常常用石頭去丟了打鳥，用彈弓射出石頭去打鳥，用機關去放鳥，甚至爬上去掏鳥窩、取鳥蛋、抓小鳥等等。當然，也觀賞鳥飛翔的美姿，聆賞鳥各種各樣或大或小的鳴唱。隨著年歲的越來越大，對鳥的破壞行為便漸漸地減少了，漸漸喜歡觀賞鳥的飛翔美姿，聆賞鳥的美妙鳴唱了。

那片竹林的濃蔭，對我的讀書求學也有很大幫助。從讀初中起，我常常不做工、不放牛、不和同伴野時，便搬了一張籐椅，到這裡讀書，尤以熱天時為然。一片濃蔭是一片清涼，一片濃蔭是一間天然書房，加上空氣流通無阻，新鮮異常，讀起書來，精神特別好，效率特別高。高中以後，雖然常常要跑到神社那片濃蔭下讀；但那片竹林的濃蔭仍是我讀書最常去的地方。我這一生受其蔭庇最多。

一提到竹，大家一定會聯想到它的韌勁有節，任風吹雨打都「撐得住」，不斷折，也會聯想到其搖曳生姿，蘇東坡的名言「無肉令人瘦，無竹令人俗」，還有王維的詩「竹裡館」等等等等。對我，這些都是長大以後回味或學得的；在當時其實是一片「惘然」。

可惜我讀大三時，那片竹林被先父廢了，改種香蕉，後來又改種水果。那片竹林，現在只剩一叢竹。每次到果園，看見那一叢竹，便有無限回憶和懷念。

「啊呼——」

「××啊呼——」

那人呼叫著，尾音拖得好長好長，在那渺渺的時空裡迴響著，久久不絕。

那是怎樣的一種時空？

大概是四十年前了吧！台灣剛光復，交通不那麼方便，到處是泥土路、碎石路，中上人家有單車當交通工具已很了不起，大多用腳走路，走路穿真皮的皮鞋，踢到石頭什麼的會流血；食物不足，常常要用蕃薯、野菜、野味，以補不足；穿粗布短衣，住茅草矮屋；野草和林木茂盛，顯得人稀野曠，靜謐安寧；家裡還沒有收音機，甚至沒有電，更不用說要廣播叫人……在這種時空裡，我們便常常可以聽到呼叫人名時，把人名呼叫出以後，拖個長長的尾音：

「啊呼——」

是的。常常可以聽到。是男的聲音。是女的聲音。是老的聲音。是壯的聲音。是少的聲音。……

不僅聽到，而且自己常常這麼呼叫，也常常被這麼呼叫！

那呼叫聲，尾音拖得好長好長，久久不絕，在甘蔗園裡，在竹林中，在稻田間，在村莊，在曠野……並且，從四十年前的時空，穿越過時光隧道，傳了過來，傳進我心深處，迴響著，久久不絕……

那聲音裡，隱含著急躁。

那聲音裡，洋溢著親切。

那聲音裡，充滿著殷切。

那聲音裡，噴散著鄉土味。

距離太遠了，不知隱藏在哪裡了，沒有擴音設備，怕聽不到，呼叫了名字以後，拖個長長的尾音，對方較易聽見呀！一呼叫，那聲音便飄散開去，無孔不入，到處去祈求感應。對方聽著，好像在叫他，便側耳諦聽，等再叫一次。

「啊，是了！是在叫我！」那人便答應了，或有相應對的行動了。

用以呼叫遠距離的人，用以呼叫出去野了的孩子，甚至用相近似的聲音，呼叫迷失了的牛、豬、狗、貓、雞、鴨……。

於是，在那渺渺的時空裡，便有了這呼叫聲，迴響著，直傳進我心深處：

「╳╳啊呼——」

只是，是不是迴響太久了？是不是距離太遠了？這聲音竟然越來越小，越來越小了。是有些聲音跑去哪裡野了嗎？

剁蔗葉

春日裡辛苦插下去的甘蔗，經過發芽、長苗、抽葉，成長再成長，大都已經長成，再過一段時間，十二月一日糖廠的廍一動，便要採收了。現在它們正在鄉間田野直立著，一株株，一叢叢，一區區，直立得這裡一片那裡也一片，到處是蔗湖蔗海，滿眼都是。

看到它們，我思緒便立刻浮現了許多當年和甘蔗有關的情景。剁蔗葉便是其中之一。如果是當年，現在正是剁蔗葉最好的時機：一、甘蔗長得夠大了，正有夠多的蔗葉可剁。二、雨季已過，在蔗園裡剁蔗葉，工作起來容易，不會弄得濕淋淋的，礙手礙腳。

剁蔗葉何用？

為了使甘蔗整潔嗎？這個作用不大，紅甘蔗還勉強可說，榨糖的白甘蔗可不必了。用來燒火嗎？是有的。那時沒有煤氣、煤氣爐，更沒有電鍋之類器物，不管是燒飯、煮菜、燒開水、燒洗澡水，都要燃燒木材、竹枝、樹葉、稻草、蔗葉等物，而以燃燒蔗葉為大宗，但不必那麼辛辛苦苦地往甘蔗株上剁，隨便往地上抓那些掉了的，亂了的，便可以了。

清晨四、五點就得出發了。取其涼爽不熱也。整片的蔗園。一株株甘蔗直立著，連綿而去，通風是不好的。在其中工作，不要多久，便被燜得燥熱非常。為了怕被甘蔗的劍葉、蔗芒割傷皮膚，人人都包覆起來，成為覆面人，除身上穿衣服而外，手臂要穿長手襪（手套），手掌要套手套，用包袱巾包起頸子和頭、臉，全身只剩兩隻眼睛，作看視外物之用。在這樣的裝備之下工作，必然更熱；如果太遲到蔗園工作，太陽一出，更熱不可當，全身汗濕，如淋過大雨。

那時大家住的是草屋，牆壁是用竹篾編了，糊上壤土、牛糞和稻草或棕鬚的混合物，外糊洋灰的，柱子是木頭或竹幹，頂上蓋的是稻草、茅草或蔗葉。茅草不易取得，茅草和稻草的作用又都沒有蔗葉好，蔗葉容易取得，功能又大，大家便紛紛剝蔗葉來蓋屋頂。要蓋屋頂，蔗葉要硬挺的，而且要整齊不亂，所以剝的蔗葉便不能隨便抓，必須找蔗株上的，只要枯了便一葉葉給剝下來用，剝了的蔗葉更要排列整齊，以便一束束給綁起來，搬回家曬乾備用。

後來我們的各項產業開始起飛，生活大為改善，經濟持續成長繁榮，鄉間的草屋好像有人下令拆除一樣，一間間被拆掉，一棟棟鋼筋水泥樓房矗立了起來。到現在，鄉間的草屋已幾乎見不到或成為古董了，剝蔗葉的景象便絕跡於現在的鄉間，成為我回顧的斑斑履痕之一了。

五分仔火車

糖廠的「廍」一動，甘蔗一開始採收，五分仔火車便又開始在鄉間來回穿梭了。

五分仔火車，小小的，緩緩而行，拉著一節節載貨車箱，走在窄小的鐵軌上，遠遠望去，很像玩具小火車，也很像蜈蚣。

它們主要是載運甘蔗的，不是採收甘蔗期間，很難看見，都停在糖廠庫房裡。一到採收甘蔗期間，它們才開出庫房，在鄉間穿梭起來。

小鐵路，平日不行駛五分仔火車，便任其荒棄，風吹日曬雨淋，長滿雜草和小灌木，讓人當農路行走，飼放牛羊，一旦採收甘蔗將開始，糖廠便派員巡視，清除草木，修補鐵軌；糖廠的「廍」一動，甘蔗一開始採收，五分仔火車便可通行無阻，來回穿梭，成為鄉間的另一項景觀。

小鐵路，小小的，兩條鐵軌間的寬度比一般火車鐵軌小，甚至拓寬前的東部鐵路都沒這麼窄，是否和閻錫山的山西鐵路寬度相同？我沒去過山西，沒見過，不敢說。五分仔火車頭也比一般火車頭小，以前是燃煤的，行進速度不快，緩緩而行，一路噴出一片片黑煙，經過平交道前若有什麼情況，便發出一聲聲「嘟」，以便示警，現在則改燃油料，那一片片黑煙已不復見了。它們拉的不是載人的車箱。它是長方形的，車輪上方是一塊厚鐵皮平台，四面圍以鐵柵欄，中間是一個長方形立體空間，正可堆放採收了的甘蔗。

當甘蔗採收了，便以牛車（現在則用糖廠專用動力運蔗車）載送到各廍（各地甘蔗集貨場），五分仔火車再到各廍載往糖廠榨糖。

於是，大家看到：一輛牛車或糖廠專用動力運蔗車滿載著甘蔗到廍裡，卸下，空車走了，又一輛牛車或糖廠動力運蔗車滿載甘蔗到廍裡，卸下，空車走了……。

於是，大家看到：工人或吊車把牛車或糖廠專用動力運蔗車載來卸在地上的甘蔗，堆疊到空貨車箱裡……。

於是，大家看到：一列五分仔火車進到廍裡，放下一節節空的貨車箱，把裝滿甘蔗的車箱拉走，過一段時間，又一列五分仔火車進到廍裡，放下一節節空的貨車箱，把裝滿甘蔗的車箱拉走……。

當然，有人在努力辛勤地耕耘，種蔗，採收，供給製糖的原料……。

當然，甘蔗被製成了糖，一袋袋地堆積，一袋袋地出廠……。

五分仔火車正是中間媒介，載運一節節空的貨車箱，放到一個個廊裡，然後把一節節裝滿甘蔗的車箱，從一個個廊裡拉往糖廠……。

喀隆喀隆，喀隆喀隆……五分仔火車開過來了，從糖廠到各個廊裡，又從各個廊裡到糖廠，從古時到現在，開得不快，緩緩而行，尤其是到平交道和廊的附近，便開得頂慢，好讓工作人員下車指揮交通，變換車道，再追上去乘坐……。

菜脯

經過時間的洗禮，菜脯否極泰來，已有漸漸為現代人接受的趨勢，尤其菜脯蛋，話題似乎常掛在某些人的口中。

菜脯，在我小時候，大概有菜頭脯（蘿蔔乾）、高麗菜脯、鹹菜脯、白菜脯和矸子菜脯（瓶裝菜脯）等。製作的原料菜頭（蘿蔔）、高麗菜、鹹菜、山東白菜等，以冬春時節出產最多，而這時日頭也最適宜，不會太熱，又逢乾季不下雨，曬菜脯正好，做菜脯不會汗流浹背，農人又正好忙過農事有閒空。造物給予大自然有律有則，安排得恰到好處。

諸種菜收成了，便開始洗淨、切片、醃漬。這工作往往要到半夜才能做完成。經過一夜放鹽醃漬，第二天便可鋪在埕裡曝曬。曝曬往往要好幾天工夫。

這工作是很辛苦的。本來種菜，要種，要灌溉，要施肥，要除草，要除害，就不會不比種稻子辛苦，收穫也是這樣；菜收穫後，又要洗淨、切片、醃漬、曝曬，工夫不少，更是辛苦萬分。譬如洗淨，尤其冬冷時候，誰會說去接觸水會好受？譬如切片，長久蹲在地上切，誰會說不辛苦？……說農家有閒時，其實是一年從頭忙到尾，根本很難找到閒時。

製作菜脯，主要是當時經濟不好，民生疾苦，耕作技術欠佳，所有田地全部用來種稻，收穫仍不夠吃，只好在稻子收穫後至另一期稻子種下前這一段空檔時間，利用田地種菜，製作菜脯，以備種稻時，沒有菜了，可以補足，尤其是雨季，即使原來有人在畸零地種了菜，也被水淹死了，菜脯更可發揮其補足作用。

它們在被製作好了以後，往往被收藏在甕裡，密封起來，以保長久。

菜脯要用鹽醃漬，因此鹹是必然的。鹹所以保存長久，鹹所以下飯，有其好處。只是吃得太多，尤其是雨季，沒有青菜，天天餐餐頓頓是菜脯和其他鹹料，厭了乃是必然。那是「多」所造成的反效果。像今天，有些人只偶爾嘗幾口，自然反而覺得風味絕佳，視為珍品。

車甘蔗

甘蔗一採收，糖廠一開工，車甘蔗的工作便開始了；只是現在糖廠都已改用動力貨車載運採收的甘蔗，由專任工人來操作駕駛，當年以牛車車甘蔗的情景已不復見了。難怪，台灣的農業已經機械化了呀！

在當年，車甘蔗是一件很特殊的鄉間景觀，也是農人一項很特殊的工作。

採收甘蔗，相當辛苦，也相當繁瑣。首先，採收工人要用鋤頭將甘蔗從頭鋤斷，齊整地橫排在壟上，然後有人拿甘蔗彎刀，砍去蔗尾，削去蔗根，清除枯葉，砍成一公尺左右蔗段，給齊整地橫排在兩壟之間，待綑綁工人給綁成一綑一綑，便可車往廍裡，裝進五分仔火車載貨車箱，拖往糖廠榨糖。

車甘蔗，在當年，用的是牛車。

一大早——大約四、五點，天才濛濛亮，車甘蔗的就出門了。牛車在牛的拖拉下，空隆空隆地往採收的甘蔗園走，相當慢卻相當穩。反正那是未機械化以前的農業社會嘛！它的特徵就是這樣：慢、穩！

雖然慢，但到達蔗園，天仍未大亮，車甘蔗的便開始工作了。他們指揮著牛，讓牛車在沒放置甘蔗的壟間行進，一有甘蔗，便拉住牛，停下牛車，把甘蔗一綑綑堆疊進牛車裡，再向前行進……。

就這樣，時行時停，時停時行，到牛車裝滿高高的一車甘蔗，便車往廍裡……。

「嘔！」他們輕斥著牛兒，虛揮著鞭子，趕著車程。

這時，在鄉間路上，便可以看見車著甘蔗的牛車，一輛跟著一輛，來來往往，持續不斷，成為鄉間的一種特殊景觀。

當年，食物不足，小孩子們正在發育，肚子容易餓，便常去車尾，拉下幾根，以祭飽五臟廟。

車甘蔗的總是輕斥他們幾聲，有些甚至裝作不知。

車甘蔗的中午午餐，依工作地點的遠近，或帶便當在蔗田裡就地吃，或回到家裡用，牛往往在涼蔭裡吃蔗尾，或在水裡翻水。

他們總是車到太陽西下，天色暗得「不見人面」了，才回家休息。

那是個到處是泥土路的時代。

牛車車甘蔗，頗有重量，車輛又是木製的，車輪包著鐵皮，一趟來一趟去的結果，便把泥土路壓出兩條車轍來了，越壓越深……。

這是鄉間泥土路履痕的製造者之一。
只是現在糖廠都已改用動力貨車載運採收的甘蔗，由專任工人來操作駕駛，採收甘蔗也用機械，當年以牛車車甘蔗的情景便不復見了。

搓草

看見有人在稻田裡噴除草劑，令我想起小時候搓草的情景。

「向陽門第春先到。」南台灣近陽，春來得早。春節以前，很多地已收完雜糧，插下稻秧；春節後，所有稻田差不多都已插完秧。現在插下的秧已長到該除草的時候了，農人們開始背起噴霧器，噴除草劑，以便除草。這工作，有自己做的，也有僱人代做的。（這工作，要接觸「毒」劑，又吃重，只要達到除草的目的，僱人代做又何妨？）每次看見有人在稻田裡噴除草劑，我便會不期然想起小時候搓草的情景。

那是個沒有除草劑的時代，除草，除了人工，再無他法了。旱地裡的草，可用鋤頭諸工具除，可以蹲著或彎了腰用手除，水田裡則不同，客家人是婦女撐著紙傘站在田裡用腳搓，福老人是整個人跪在地上用手搓。這是當時稻田間的兩項特殊景觀，現在看不到了。

我們常稱讚客家婦女勤勞。一般說來，客家婦女比較勤勞是事實。這是有其傳統因素在的。古早的時候，客家人很多都是男主內女主外的：男的在家看孩子做家事，女的在外做田事。其原因，雖然有些戲謔性的傳說，其可信度如何不得而知；但是客家婦女做田事，尤其在田裡搓草，則是我親眼目睹的事。在稻田裡搓草時，她們總是穿著客家傳統特寬衣袖特寬褲管的藏青衣褲，撐著紙傘。這姿影，只要稍一想起，便歷歷在目，浮現腦際。

福老人在稻田裡搓草，是跪著的。他們像小孩子學爬，邊搓邊向前進。這比客家婦女自然是辛苦多了。客家人搓草，大多只限婦女；福老人則不限男女，只要能做了便都加入行列。客家婦女搓草，撐著傘，站立著，用腳搓，「髒污」程度不大；但福老人搓草則跪著，全身便髒污不堪，泥濘處處，甚至土頭土臉。暑熱時，太陽從上面曬下來，被曬熱的水氣從田裡往上蒸，熱不可當，難受自不待言；冷天時最是難受，那水冷得像冰，尤其一大早最初下跪時，冷得透進內心深處，像骨髓都要被冰透了，全身直打哆嗦，雞皮疙瘩直冒。那滋味，不是一般人所能體味的。至於稻子稍為長高了，臉部、手、腳的皮膚可能被稻子的劍葉割傷，眼睛可能被稻子的劍葉刺傷；為了預防，搓草的人往往包覆著臉，手穿長襪，腳穿舊長褲，整個人看起來像一個覆面人。此外，膝蓋擔負全身重量，是很吃重的；如果跪到石頭、瓦片、碎玻璃之類硬物，則很可能受傷（當然手也不例外）。當時福老人種稻是多麼辛苦！

搓草，不僅是除草而已，它更有中耕的作用。這是噴除草劑所不能取代的。稻田插秧後，浸在水中，活性漸失，施肥功效可能打折；搓草，除了除草，還把土攪翻了，施下肥，功效便大了。每次搓草，總把田水放少了，搓完立即施肥，次日灌水，稻子「吃」了肥料，葉子馬上轉為烏黑、深綠，明顯可見其功效。經過一次一次的搓草，隨後跟著一次一次的施肥，稻子便漸次茁壯，差不多三次搓草，四至五次施肥，稻仔便成長了，出穗了，成熟了，可以收成了。即使做得腰酸背痛，大汗淋漓，滿身是傷，這時農人還是頂高興的。

隨著時代的推進，文明的進步，現代科技發明了除草劑，代替了人工的搓草，稻田間搓草的特殊景觀消失了。可惜用除草劑除草，中耕作用少了。也不妨，搓草太辛苦了，用除草劑省事多了！

吃蜂巢

吃蜂巢？豈非野蠻人？

其實，那時候我們和野蠻人差不了多少。整個鄉間田野，我們幾乎沒有一處沒跑過。是軍部牧場，是蕃薯園，是果園，是香蕉園，是竹林，是大路，是小徑，是田埂，是古井，是河流、小溪……哪個地方沒有到過？冬天還穿了薄衣，任鼻涕流出來又吸進去，或用手就揩，夏天則只穿一條水褲仔，讓赤裸裸的身體被曬得像黑人。我們把整個鄉間田野鬧得天翻地覆，彷彿要滾起來。那個田野之鍋裡，充滿著的全部是我們的說話聲、喊叫聲、笑聲、哭聲……。

這不像是野蠻人？

更像野蠻人的是吃的方面。那時，食物缺乏，營養不夠，尤其是油脂極為不足，我們只要見了野菜、野果、野味，便爭著搶回家或當場吃。在家裡，日常三餐我們除吃應有的菜飯和極少的魚肉外，還吃蕃薯、蕃薯葉、知母菜（馬齒莧）、刺莧、烏甜仔葉、野莧菜、過貓、鵝仔菜等等野菜，老鼠、野兔、蛇、青蛙、陸螺、米雞、竹雞、斑鴿、麻雀、伯勞、狗等等野味。

三餐而外，在野外，我們吃野生紅心那拔（番石榴）、野生香蕉、野生蓮霧、芒果、龍眼、烏甜仔果、泡仔草、鹽酸仔（酢醬草）等等野果，吃草螟阿公（一種蝗蟲）、土伯仔、蝦子、野鳥蛋、蜂巢等等。這些其實並不是常有的，只是有時幸運碰到了就是了。

據研究，蜂巢含有微量蜜和蜂蠟，又有蜂蛹，具有消除疲勞、增強活力、補血及殺菌等作用，也可以強化呼吸器管的內壁，防患感冒或鼻子疾病，吃了對人體很有幫助，虎頭蜂尤然，現今街上仍有人專賣虎頭蜂製品，道理就在這裡。不過，小時候，我們吃蜂巢卻不是知道這道理，也不像專賣虎頭蜂製品的人，將蛹和蜂巢精製過或浸成藥酒，更不吃虎頭蜂巢。我們只覺得蜂蛹甜甜的，很好吃。牠們黏在蜂巢一個個洞裡，有時出口還會被蜂用蜂蠟封起來，或洞太小，不好抓起來吃，便整個給放進嘴裡吃。蜂巢嚼吃起來，汁多，甜甜的，兼有些微蠟味，相當特殊。

黃蜂的巢不知道築在哪裡，什麼樣子，我們根本沒發現過，沒法取得。虎頭蜂太兇猛，而且巢通常都築在屋脊或高樹上，太高了。鴛鴦蜂的巢是土製的，蛹又少。蜜蜂通常是專門養蜂的人飼養的，用蜂箱，野生的幾乎沒有，即使有也不好取。這些蜂的巢，我們都不取了吃。我們吃的是牛屎蜂的。它們比較多，小小的，手掌大已經算是最大的了，用蜂蠟築成，褐色，一個一個洞，供蛹居住成長，有些蜂蛹長得較大了，出口便被蜂用白色蜂蠟封起來。甘蔗園、香蕉園、番麥（玉米）園、竹林、月桃叢、那拔林甚至菅草叢，常常可以發現這些蜂巢。在這些地方，只要發現了它們，我們便躡手躡腳地「摸」過去，伸手急速抓斷被築巢的葉子，急速跑開。這跑不必太遠，二十公尺就夠了，就可安心享受了。當然，巢被取走了，牛屎蜂是會飛來追的；但是牠們飛不快，也飛不遠，更不會窮追不捨。不過，如果跑得不夠快，或太放心，沒跑得夠遠就停下來，邊喘氣邊大嚼，也常常有被叮得哇哇叫的份。

現在，這種蜂巢仍然有，大概甘蔗園、香蕉園、番麥園、竹林、荔枝園、蓮霧園、那拔園等處仍可發現，只是吃的人少了。我小時候的野孩子群已經長大了，沒有時間和心情去取來吃了；現代的孩子已經不野了，甚至有人說現代的孩子，連他家的田地、園子在什麼地方，他們有很多都不知道呢，還會去取了吃嗎？「吃蜂巢，野蠻人！」你要是吃了，被發現，恐怕還會招來這句不屑的話呢。吃蜂巢的事，已經不容易看見了，只好在我這輩人的回憶中去追尋了。

蔗園鼠事

正是滅鼠工作如火如荼進行的時節。老鼠殊多！是了。每年都是這時節老鼠最多了，也在這時大家如火如荼地進行滅鼠工作。

原來這時節甘蔗正在採收。許多老鼠沒處躲藏，跑出來，四散開來，侵入家屋，在大家的感覺裡，老鼠增加了好多。

老鼠食量雖然不大，但是因為身體小，肚子裡儲存的食物少，很容易消化掉，食物消化掉了便餓，餓了便吃，吃的次數多了，合起來量也就大了。牠們的牙齒如果不咬不磨，會持續不斷生長，最後刺穿自己的嘴；因此牠們總不斷地咬東西磨東西，最是令人討厭。牠們又繁殖得快，一年生好幾胎，一胎四子或更多，加上適應力強，所以到處都是老鼠。家屋裡固然不少，但爭不贏人類，吃食、居住不便，多往田野裡跑。田野裡到處可以發現牠們的洞。甘蔗生長期間長，通常須一年才採收，好躲藏，又有甘蔗這現成的好食物吃，甘蔗園裡聚集得最多了。可是甘蔗總有採收時節。一直到這時，牠們難於藏身，又少食物，便冒險往家屋裡跑，與人類爭吃爭住，便給我們增加滅鼠的工作量了。

小時候，我們不用毒藥滅鼠，而是抓來宰了吃。用毒藥滅鼠，是後來的事。

老鼠肉是可吃的。儘管習慣上大家不吃家鼠，但至少野鼠是可吃的。至今山產店仍然可吃到老鼠肉，味道好而且滋補。那個年代裡，經濟不好，吃食每感缺乏，大家窮找野菜、野味來彌補不足；老鼠肉我們吃多了。

那時候，老鼠的來源，主要的便是甘蔗園。

大概從仲秋便開始了。仲秋時節，甘蔗已長得差不多大了，一棵棵，長得密密麻麻，老鼠也聚集得夠多了。我們把竹子砍下來，製造成老鼠斬，用來放老鼠。老鼠斬是裝了機關的，放在老鼠路上；老鼠走過時，踏動機關，便被挾住了。通常我們總在傍晚放，到第二天清早收，常常可以收到十幾隻或更多，大多被挾得鮮血淋漓，有的已死，有的還活著，吱吱地叫。當然，有時也放到蛇、竹雞、米雞、小兔甚至貓等等。

老鼠被挾了一夜，死了，宰了吃，是否會有衛生上的顧慮？大家雖然沒有明白說出口，但是顯然心裡有數。只是那時候大家窮，吃食不足，只好硬是吃了。好在大家沒有吃出問題，也就照吃不誤了。

要吃當場活殺的老鼠肉，則須等到每年十二月一日糖廠開始採收甘蔗的時候。

當甘蔗採收，老鼠便一隻隻躲進洞裡了。要抓牠們，我們通常用火燻或用圓鍬挖。用火燻通常不需圓鍬和狗。那時圓鍬不多，又貴，不是每家都有的。沒有圓鍬和狗的人家，活捉老鼠便用火燻。找到老鼠洞了，便把附近可能是這個洞的出口，用土塞得只剩一個，然後把乾的甘蔗葉塞進洞裡，點起火來燻。煽火的工具是頭上戴的瓜笠（斗笠）。老鼠被燻，受不了，便找出口。一個一個去試，試到沒被塞住的出口，便爬出外頭，拚命往外奔竄，守候在那裡的人剛好手到擒來。

挖老鼠則需圓鍬和狗。找到老鼠洞了，便令狗去嗅聞。牠會把鼻子塞進洞，大口吹出氣，然後慢慢吸氣；嗅聞到有老鼠的味道了，便用兩隻前腳去扒土，口中有時會發出哼叫聲。挖老鼠的人，便把附近可能是這個洞的出口，全部用土塞了，以防牠們逃走，然後用圓鍬配合狗挖。挖到老鼠，狗總會一口咬住，然後挖老鼠的人便去接收。

當年，在甘蔗園裡放老鼠、燻老鼠、挖老鼠是很有趣的事。「放到一隻了！」「又抓到一隻了！」這些話不時在甘蔗園裡暴開來，傳遞心中的喜悅。有很多人，包括大人和小孩，都樂此不疲，有時甚至忘了吃飯呢。今天，因為我們的經濟發達，各種食品充裕，吃老鼠肉不普遍，兼以科學昌明，甘蔗是用火燒了蔗葉蔗尾再用機器採收，那種樂趣便少了，只讓老鼠到這時節紛紛竄進家屋裡，增加大家滅鼠的工作量。為之奈何？

拾牛屎

相信很多年輕人不會相信有拾牛屎（糞）這回事。他們聽到有人拾牛屎，可能心中會大為詫異，疑問連連：牛屎不是牛拉出來的嗎？那有什麼好？臭死了！也髒死了！見了可能要掩鼻而過呢，還拾了幹什麼？嫌家裡太乾淨了？不夠臭？不夠髒？……

是的，這個世代是太富裕了。拾牛屎已幾乎全然消失，年輕人沒見過拾牛屎這回事，自然不相信，一聽說，心中驚異生疑，是有道理的，無可厚非。

其實，他們只聽說是「屎」，便想當然地認為必臭必髒，不知其中有玄機。

牛是吃草的，其屎不但不和肉食類動物的屎一樣臭髒，而且具有土和草的鄉土味。它們的用處更不是一般人所可想像的。譬如它可以解虎頭蜂的毒，可以消腫，可以放置田地裡當農作物的肥料，可以曬乾了當柴燒，可以用來製造堆肥……。

這裡所說的拾牛屎，主要是用來製造堆肥的。

拾牛屎是什麼時候開始的？想是無可考了。至少我是不知道的；其起源則可想而知。那個時候是沒有人造肥料的。使農作物長大長壯長肥所需要的肥料，從哪裡得來？主要的是得自腐草、腐葉、垃圾和人畜的屎尿。腐草、腐葉和垃圾的肥度較差，而且腐爛到可以當肥料施用的時間久，要除去這些缺點，澆以人畜的屎尿便有其必要了。

堆肥於是誕生了。

堆肥，除了不會腐爛的塑膠製品和有礙田間工作的鐵釘、玻璃碎片、石塊、瓦片等外，舉凡會腐爛的草、樹葉、作物的皮和小枝、垃圾等等都可以，放進事先挖好的坑裡後，不定期澆放人畜的屎尿，只要一段時間，便可自然形成肥料，而且肥度夠！

人的屎尿是積儲在茅坑裡的，用以澆堆肥是很好的；但太臭了，而且常常被當成水肥，直接用以澆農作物，往往數量不夠，只好求諸牲畜的屎尿；鄉間農村最多的牲畜是牛。因此，拾牛屎便成為鄉間農村的特殊景觀之一了。

那時，在鄉間路上，在牧場上，每每可以看見拾牛屎的人。

他們用鋤頭柄當扁擔，挑著一擔畚箕，到處行走尋找，見到牛屎，便放下來，把其中一個畚箕口正對著牛屎，用鋤頭將牛屎給扒進畚箕裡，然後挑走，再去尋找牛屎；直到一擔畚箕裝滿牛屎了，便挑回去，倒進堆肥坑，製造堆肥。

也有人，牛到哪裡，便把畚箕帶到哪裡的。只要牛要拉屎，他便用畚箕去接。

至於畚箕，農人大多事先墊以稻草，才去盛牛屎，除了免使畚箕弄髒，那些稻草也成了堆肥的一部分原料，一舉兩得！

那是個經濟較差、產業較落後的時代。

隨著時代的演進，科技的進步，機器代替了牛，牛少了，牛屎隨之減少，人造肥料又漸次增多，人們幾乎已經不用堆肥，加上經濟的繁榮，人們不屑去拾牛屎，拾牛屎的景觀便幾乎已在鄉間絕跡了。

土地上空的擁有者

每次看見他，我便會想起他那次半玩笑說的話：「我很富有。」他是個養蜜蜂的人。我的水果才種了三分多地，有人種了一甲地，最多的是包果園的人，也只有幾十甲地；而他呢？那次，他很自傲地說，他擁有數百甲甚至千甲土地。只要是果樹、稻米等農作開花期，數百甲甚至千甲的土地上空，全是他的。他養的蜜蜂可以無處不到。難怪他敢那樣說！

其實，他是我小時的玩伴，國小的同班同學，原來住在我上學途中，距離我家約一公里路處。那時，我上下學及日常嬉遊、讀書，每天幾乎每時每刻都和他在一起，形影不離。在國小畢業後，他搬家了，雖然搬在同一鎮上，但是那時交通不便，較為閉塞，他搬到哪裡？我不知道，而且就讀的初中和高中不同校，未曾見過面，直到我大學畢業服完兵役南返，才發現他竟然在養蜜蜂，而且放到我家園子裡。

從懂事起，我就知道村子邊的園子裡有人養蜜蜂。蜂箱像一個個超大型的火柴盒，放在龍眼樹或芒果樹下。那時，我對蜜蜂的認識，雖然比都市人多；但是事實上並沒多到哪裡去。後來，我這位養蜜蜂的老同學出現了，我向他請教，才獲知了更多關於蜜蜂的知識。

蜜蜂有三種成員。他們分工合作，密切無間。平時我們看見的是工蜂。牠們最是任勞任怨，擔負全巢所有的工作，包括築巢、採蜜、儲存蜂蜜、蜂王乳和花粉、餵飼幼蟲、清除巢房和驅逐敵人等等。蜂王（后蜂）只有一隻，專司產卵生子。雄蜂則專司與蜂王交尾。蜂王和雄蜂的交尾非常特殊，是在空中飛行中進行的。

蜂王於交尾後，在每一巢室產卵一粒，三天後孵化成幼蟲；五天後，工蜂以蠟封住穴口，幼蟲開始變成蛹；兩、三週後，蛹就羽化，咬破蠟蓋，掙扎而出，成為蜜蜂。

一個蜜蜂巢是由許多巢室組成的。每一巢室都是六角形的，用以儲存蜂蜜、蜂王乳、花粉和幼蟲，很是別致。蜜蜂所製造的有用之物，除蜂蜜、蜂王乳外，蜂蠟也有用，更有人將其幼蟲或蛹生吃或浸成藥酒。這些「產品」，對人來說，富有清涼解渴、營養滋補、護膚養顏等功效。

蜜蜂找到花蜜時，會立刻飛回巢房上空飛舞。牠們飛舞的形狀和方式都有玄機：飛舞的形狀是圓形，表示蜜源不遠，阿拉伯數字的八字形表示蜜源遠；舞動方式向上則表示蜜源和太陽同一方向，向下表示蜜源和太陽方向相反，和太陽同一角度表示蜜源由此方向而去。一般說來，那隻發現蜜源的蜜蜂當然是會帶路的。

提到蜜蜂，大家最關心的事之一，恐怕是牠們的螫人了。蜜蜂之禦敵，前仆後繼，絕不後「蜂」。其實，牠們螫人是不得已的。牠們螫人，自己也要喪命。除非被侵擾，不然牠們不會螫人。牠們最忌諱黑色和紅色。穿這兩種顏色衣物靠近蜂巢，免不了落入被螫的命運。至於被蜜蜂追擊時，應不驚慌，立刻趴伏在地面或蹲下，牠們便找不到目標；也可用煙燻，一遭煙燻，牠們便腳酸手軟，動彈不得。——養蜜蜂的人採蜂蜜或蜂王乳，可免被螫，用的就是此法。

一家不能有二主，蜜蜂也是一巢箱不能有二蜂王。新蜂王一誕生，舊蜂王便帶領牠的舊「部將」離開，另築新巢。養蜂的人很注意這事；遇到新蜂王誕生，便會立刻予以「分家」，以免其飛走，成為野蜜蜂。

植物以花為蜜蜂提供蜜源，蜜蜂則為植物傳花粉，使其受精，傳衍後代，各取所需，各蒙其利。農作開花期，蜜蜂便到處飛，無處不到，忙得不亦樂乎！養蜜蜂的人這時便是最富有了。他可能擁有數百甲甚至千甲土地。可惜，農藥的噴灑，常使蜜蜂成群死亡。養蜜蜂的人也有其困難處。養蜜蜂會不會成為歷史陳跡，讓後人來搜尋履痕？未可逆料！

葉笛

嗚——嗚——葉笛嗚響著，在那個年代裡——我小時候的年代裡。是了。你聽！嗚——嗚——它們嗚響著，在那個年代裡，在那個年代的我和我的小童伴玩耍的田野間、水溝邊、鄉間小路、牧場裡……。

葉笛，它們嗚響著。笛聲或長或短，或大或小：嗚——嗚——悠悠地，悠悠地吹出了田園的美好，吹出了農村鄉間的淳樸、美麗，吹出了農人日出而作，日入而息，與世無爭！

葉笛，用葉子做的笛！用什麼葉子做的？用甘蔗葉做的。用香蕉葉做的。用竹葉子做的。用林投葉子做的。用月桃葉子做的。用檳榔葉子做的。用椰樹葉子做的。……好多葉子都可以做呀！選擇合適的，採了，捲起來，（洗什麼洗，那時候才不講究洗呢！）中心較小，外層較大，一層層組合起來，成煙斗狀，成了！

且銜在嘴裡吹吹看！

「唉！怎麼不響？」

「重來！」

「哇！我的吹得響了！」

於是，他雀躍萬分，亂蹦亂跳，走過去，又走過來，嗚嗚地吹起來了。

嗚——嗚——你吹著。他吹著。我吹著。我們小孩子一個個吹著。到處充塞嗚響著的嗚嗚的葉笛聲。那嗚聲，就像長了翅膀，成了一隻隻飛鳥，穿過竹林、蔗園、蕉園、稻田、果園、草叢、檳榔林、牧場，響遍鄉間，翱飛天空，進入人們的耳中，撫慰人們貧乏的心靈，滿足孩子們的需欲……。

那是個什麼樣的年代？會有什麼樂器？除了少數視若珍寶的南胡、三弦、噴吶和月琴外，幾乎什麼都沒有了，而且這些樂器幾乎都集中在樂團。小孩子們能有什麼樂器吹奏？只能自己動腦筋，自己試著自製葉笛了。

「我的做好了！」

「吹吹看！」

「哇！我的吹得好響！」

葉笛吹起來，嗚嗚價響，滿像那麼一回事的。我們吹得好高興！

葉笛聲最像噴吶了，有長有短，有大有小，高低、聲調和節奏也有少許變化。雖然簡陋；但是，在那個年代裡，在那種環境下，已經足以讓小孩子們雀躍非常了。大家爭著製作了吹，有時候沉迷到清晨便吹，上午吹，中午吹，下午吹，傍晚吹，甚至睡覺時還抱著葉笛，夢中還夢到吹著葉笛呢！

嗚——嗚——葉笛吹出了田園的美好，吹出了鄉間農村的淳樸、美麗，吹出了農人日出而作，日入而息，與世無爭。氣氛最美的，該是傍晚時分吹葉笛了。那是牧歸的時候。在夕陽餘暉的光照下，牧童騎在牛背上，在靜謐的鄉間小路上，嗚嗚吹著葉笛，任牛隻給馱著回家。「短笛無腔信口吹」，天邊那些美麗多彩的晚霞，好像就是葉笛的音符組成的呢！它們跟隨著葉笛聲不停地變幻著。哇！多悠閒自在！多富田園氣味！多和諧的氣氛！

田園依舊在，而時不我予！隨著時間的流逝，科技的發達，鄉間連牛隻都很難看到了，葉笛更待何處尋？每當想起，倍增懷念。滄海桑田呀滄海桑田！

行直和包軍

人有好勝心，各項競賽乃不絕於世：在武的方面，有各項運動比賽、技擊比賽，幾千年前，孔子就說過「君子無所爭，必也射乎」的話，可見這類競賽在中國很早就有，至於西方最出名的這類競賽恐怕是馬拉松賽跑了；在文的方面，則有各項工藝競賽、文藝競賽、發明競賽，洵至棋藝之類較近娛樂性的競賽。

古今中外，棋藝多矣，從正式的象棋、圍棋、撲克、四色牌、骰子、麻將、梭哈，到小孩子玩的橡皮筋、打彈珠，到非正式的拱豬、抽籤、大家樂等等，不管有沒有「賭」錢，均無非在爭勝。

我小時玩過兩種棋藝，比較特殊，現在也有人用木頭、塑膠製造出售，也見到有人玩。那是行直和包軍。

行直棋，整個棋盤是一個大方形，裡面包一個中方形，再包一個小方形，三個方形的各個角用直線予以連貫，並把三個方形的邊線中央部分予以連貫，這樣就成了。

那真像一個方形的蜘蛛網。棋子很簡單，小石子、瓦片、紙片、小豆子、草莖、草葉、樹枝、樹葉、苦楝子、龍眼核等等什麼的，只要兩方不同，可以分辨就行了。棋子就放在線條交會點上。有擔，有槓，有直，可使對方棄子，迄對方棋子完全棄去，便勝利了。

包軍棋的棋盤是一個大圓，包一個小圓，用兩條直線給各分成四半，直線和大圓交會處則各畫四個小半圓，這樣便成了。這可是一個圓形的小蜘蛛網了。棋子和下的部位一如行直棋。兩方下著，包著，有一方將對方的棋子包到沒路可走，便可取去其子，有時一個，有時好幾個，有圍棋的性質，直到對方的棋子被取盡，便勝了。

這兩種棋藝，下起來最方便了。

兩個小孩子想玩了，隨便就地取來「棋子」，就地畫棋盤，就地坐下、蹲下，便可玩了；玩過了，從地上爬起來，「棋子」一丟，把棋盤擦去，大多不擦不理，拍拍屁股，「吾神去也！」

雖然如此簡單容易；但是這種棋玩起來，趣味十足，不亞於其他棋藝，只見戰雲密布，只聞火藥味濃，有時玩得天昏地暗，不知日已午，已昏，忘食，忘飲！而其鄉氣，土味，則非他種棋藝可比！

曾經見過現在有人用木頭或塑膠製造了出售，也有人買了玩；但是很少，不普遍。願能普遍起來，也成正式棋藝，以稍慰我尋覓履痕之心。不過，話說回來，即使有人製造讓人買了玩，也沒有以前那或坐或蹲，在地上玩得天昏地暗的鄉氣、土味了，唉！……

大灶

灶，在我們中國，想當然是燧人氏鑽木取火，使人類進入熟食時代，才開始有的吧！最古早最原始的灶，可能是兩三塊略大石頭圍成或在地上挖坑而成的。反正有一個洞，可以燒火烤煮供食，便可能是灶了。從最古早最原始最簡單的這種灶開始，土窯、炕、火爐、小灶、大灶、煤氣爐、烤箱、電鍋、快鍋、彩色鍋……古今中外，有多少各式各樣的爐灶，在人間隨歲月、地域、習俗而興替、變化、流行，在擔當人類熟食的重責大任，在提供人類以營養和色、香、味……。

在諸多爐灶中，予我印象最深的是大灶。

那時，大灶是眾家都要有的。沒有大灶，在那時可以說不能成其為家。築灶便是那時的一件家中大事，須列灶神公神位，按時祭拜如儀。現今台語數家仍以「口灶」為單位，乃其殘留。

大灶是用小塊紅磚築造的，灶頂（面）則鋪大塊紅磚，用以黏合的原是石灰，然後改用紅毛土（水泥）。灶身方形，立體，上方開口頗大，正可放置大鼎（大鍋），中空，旁邊開一小口，接管成煙囪，一方開口以為灶坑（孔），可以進柴燒火，中間鋪列鐵條，容有間距，燒柴草成灰燼，便漏下堆盛。堆滿時，便用火筷扒出當肥料或作其他用途；否則便通風不好，任人用火卷（火筒）吹氣，火也不燃。

那時，雖然少有鐘錶；但是農婦觀看日影，回家炊煮相當準時。在田野工作的農人，只要看到農家炊煙裊裊，在空中冉冉上升，便知道將可飽餐一餐美食，而且能測度時間，回家剛好進食或休息後進食。

煮飯，通常是在大灶邊築有小灶，由它擔任；其他炊煮工作便都由大灶擔任。炒菜、煎魚、燉肉、煮湯、燒滾水（開水），洵至燒洗澡水、煮豬食……其任務可說大矣哉！「民以食為天」，大灶便是一家吃食的擔綱者，生存之所依。大灶坑將柴草一束一段一塊地吃進，配合農婦的好手藝，把一碗一碗好熟食製造出來。當色、香、味俱全的食物上桌，熱氣挾香味騰騰散發，全家團坐用餐，是何等和樂！那時食物較少，甚至常有小孩或大人受不了食物的引誘，未上桌便拈了吃呢！

農婦們煮食，未到田裡工作的小孩子自然是她們差叫的對象。農家少閒日，也少閒人，小孩子同樣非勤勞不可。他們總要在灶前幫忙。當然，他們也有其樂趣！冬日天冷，那時經濟不好，穿著常不足禦寒，蹲在灶前烘火（烤火）最好！蕃薯、番麥、芋頭、豆子、甘蔗、香蕉等等農產成熟收穫時期，小孩子們便把它們放進灰燼裡煨，風味絕佳，吃得眉開眼笑，齒頰留香。有時農婦也會在豬食中挾煮這些東西，或從煮好食物中拈出一些給小孩子們，犒賞其勤勞也！

大灶是一家吃食的擔綱者，生存之所依，和樂氣氛的製造者。由於科學昌明，煤氣爐、烤箱、電鍋、快鍋、彩色鍋等等一大堆現代化的煤氣、電器用品出現，它們便漸次隱退，交出任務了。現在台灣，即使農村，除非未處理掉或留作骨董，否則已少有大灶了。時代是向前推進的。潮流如此！但是，它們可以自豪。它們曾經是一家吃食的擔綱者，生存之所依，和樂氣氛的製造者。它們仍然引人懷念感恩，令我追尋其履痕！

那片雪影

那片雪影，閃著微微的白色亮光，在陽光下，在竹篾架上，在那一段路旁，在風塵裡，在記憶深處，在我小的時候……。

是的，是一片雪影，閃著，閃著一片微微的白色亮光……。

每天，我都從那邊經過，在我小的時候，在我上學放學的途中……。

對它，因為有一股特殊的微微酸味，起先我並沒有什麼好印象；後來接觸久了，竟然習慣成自然，並且日久生情，印象不斷日漸加深轉好；最後終於深深銘刻在心版上，歷久不忘；即使是現在，雖然我已經好久沒見到，但是它卻越見清晰、深刻，歷歷在目！是別後思念更深？也許是吧！

那是曬米粉！

用竹篾去編成屏，編得細細密密的，一個一個給排放在竹架上，或斜躺，或懸空平放，一排排的雪——米粉，依次排放在上面，那片雪影便形成了，像在陽光下的積雪，閃著微微的白色亮光。

這是米粉在曬太陽。別急！不是米粉怕冷，是曬乾濕氣，好可儲放長久。有濕氣，米粉是不好儲放的。不腐壞才怪哩！

米粉曬好了，便給裝箱裝籠，一箱一籠地運送各地，給從事零售的店仔售賣；人們買回去後，經過主婦的巧手一烹煮，便以佳餚的姿態出現在餐桌上。冬日烏魚期，烏魚米粉是最膾炙人口的一道料理了，用烏魚和米粉湯煮，加蒜和芫荽，邊吹著氣，趁熱吃，最是鮮美可口，並可飽腹和驅寒，令人回味無窮。

曬米粉，最怕的當然是陰雨天。曬米粉，乃在曬乾溼氣，好給儲存長久。陰雨天，沒有太陽光，米粉如何曬得乾？曬不乾，米粉可能就腐壞了，不能食用了。如果連續幾天陰雨，製作米粉的人就頭大了。所以雨季少有人製作米粉，曬米粉。製作米粉，曬米粉，多在冬春兩個乾季。這兩季，雨量少，陽光雖然不烈，但是充足，曬米粉，最適合，最常見，每每沿著路旁，排一兩百公尺長，組成一片雪影，連綿而去……。

是的，是一片雪影！那片雪影，雖然已經很少見到，但是卻時常閃著微微的白色亮光，在我小的時候，在記憶深處，在風塵裡，在那一段路旁，在竹篾上，在陽光下……。

相撲

任何遊戲都多多少少需要一些「道具」，才能順利進行；相撲則幾乎不要。它不但是最不需要「道具」的遊戲，而且是一種很古老、很原始、很能考驗耐力的遊戲。至於規則，它是有的；但是也不多，只要不打人就可以。本來規則就是遊戲的基礎；沒有規則，遊戲便不能玩了。別說這種小遊戲了，大至於典禮、宴會、法院審案、外交會談諸類遊戲，沒有一樣不需要「儀式」這規則來引導其進行。

「來！來相撲！」

我小時候那些年代，邀約相撲的話，在鄉間農村是隨時隨地都可以聽見的，也是任何小孩都可能說的。相撲遊戲更是隨時隨地可以見到的。

「好！來！」

於是，一場龍爭虎鬥的相撲開始了。

是呀！是隨時可以見到的呀！早晨、上午、中午、黃昏、夜晚……。

是呀！是隨地可以見到的呀！灰埕、庭院、樹下、路上、田間、牧場……。

那不是現在流行的相撲。現在流行的相撲，有那麼個規則，畫有一定的範圍作場地，有一定的時間限制，時間一到，便判定勝負，限制殊多。我們那時玩的不同，除了不可以打人，便沒有什麼大的限制了。

穿衣服可以參加，只穿一條水褲仔也可以參加。——當然，絕大部分是男對男，但是還沒有被蛇所引誘的亞當、夏娃也沒有什麼不可以。

兩個小孩子，推拉著，捽挪著，扭動著，翻滾著……沒有時間的限制，到什麼時候都可以，可以捽倒了，壓制到對方認輸為止；如果被壓制者迄不認輸，他可以在眾人的喊喊叫叫，加油加水聲中，氣喘如牛，汗流如漿，努力掙扎翻滾，從高地翻滾到低地，從低地翻滾到水溝，然後再翻滾上來，只穿一條水褲仔的，「穿幫」了也沒關係，最多引起大家哈哈大笑而已，到什麼時候翻身上來，成為壓制者，都可以。往往壓制者和被壓制者輪番更替，一上一下，一下一上，上上下下，下下上上，翻翻滾滾了老半天，大家喊喊叫叫了半天，家人找到了，要吃飯了，要做事了，才起來。

哇！一身是髒！在頭上！在臉頰！在四肢！在肩背！在衣服！……

哇！一身是髒！是灰土！是泥巴！是草屑！是……唉唷，是牛屎！

但是，別急！還分不出輸贏！「欲知端的，且看下回分解！」

很土是不是，這種相撲的鬼遊戲？

別噗哧而笑！別嫌髒！在鄉間農村長大的孩子比較健康、質樸、有耐力，這是重要原因之一。如果你也是那時候那地方的孩子，你必定也是其中的一員，就和我一樣。還有，你也有可能發出邀約來：

「來！來相撲！」

洗衣石

一大早，我便看見了那名洗衣婦：矮矮胖胖的，提著裝物籃，將包洗的衣物帶回去洗。

現代人洗衣物，幾乎家家戶戶都用洗衣機了；她卻不，是用手洗的。她洗得特別乾淨，到傍晚，把衣物曬乾了，便給人家送回去，摺疊得好好的，所以仍有人把衣物包給她洗，尤其是家中有婦人月內（坐月子）的，更是如此。

用手洗衣物，比用機器洗，一般較慢，較「工夫」，較乾淨。我小的時候，還沒有洗衣機出現，家家戶戶都是用手洗衣物的。

舊居村名廊邊。村南有一條水溝，叫廊溝，由東向西流，那時流水清澈乾淨，村子裡，婦人們都在那裡洗衣物。

那時，每天一大早，天才稍亮，婦人們便提著籃子，裝了衣物，急匆匆帶到那邊去洗。那邊，洗衣石沿溝邊排列著，一塊又一塊，誰先到誰先佔用，洗「水尾」較不好。「水尾」的水已被人洗過，再洗較不乾淨，每家婦人自然爭著起早，越早越好，以便先佔「水頭」的洗衣石洗衣。這情形也形成了鄉間婦人們的一種價值觀念：洗「水尾」的，不僅洗人家洗過的較髒「水尾」而已，也是「懶兮」起不了床的標記。這種婦人家往往為眾人所輕看，誰都不願！

於是，在通往廊溝那條小徑上，每天天未大亮，便有急匆匆的腳步聲了，水溝邊也很熱鬧了。

「早！」

「今天妳最早！卡勤勉呀！」

衣物殊多，包括內衣褲、外衣褲、襪子、鞋子、帽子、包袱巾、尿布、被單、手套、書包……往往一大堆，洗起來相當不易，相當辛苦。那時使用的洗潔之物，通常是蘇打，洗衣肥皂貴而少，用起來很心疼，便少用。鄉間農家，衣物總是主人穿了在田裡工作，沾了泥，和了土，不好洗。婦人們總給浸了水，抹了蘇打，放在洗衣石上，用粗短的木棒敲打。「長安一片月，萬戶擣衣聲」。雖然有人說「擣衣聲」不是洗衣服敲打出來的，我卻真的見到了月下「擣衣」的情景，聽到了「擣衣聲」。大約廿年前了，洗衣機雖已經出現；但是仍然不夠普遍，有一次我到三地門，晚上才回來，經過內埔鄉東勢村，竟然看見婦女在路邊抽水機的流水溝邊洗衣，在月光下敲出「擣衣聲」。我也才知道真的有人夜間洗衣。

洗衣婦人有其苦，也有其樂。大家聚在一起，邊洗邊說說笑笑，其樂融融！一件件髒的衣物，經過她們一番洗滌，變成潔白乾淨，其樂何如！最怕的是有一兩個長舌婦，說東家長，道西家短，惹出是非來，便把整個氣氛給攪糊了。還有，冬天和下雨的日子，她們可就叫苦不迭。

洗衣石，在那時可說忍苦負重到了極點。它們任人壓，任人搓，任人揉，任人敲，任人打，而且每天無時無刻都在那裡，任日曬，任雨淋，任水流，任水浸……好在它們是無生命的，否則如何禁受得起？

現在洗衣機、脫水乾衣設備等等，多而便宜，而且水溝多遭污染，污濁不堪，無法在那裡洗衣物，便解除了婦人們許多洗衣之苦，也釋放了洗衣石了。雖然仍有專門包洗衣物的洗衣婦，但是都在家裡用洗衣板當洗衣石洗，很多被洗得表面光滑異常的洗衣石，便都不知到哪裡去了。現在，想找一塊這樣的洗衣石都還不容易呢！

棕蓑

在現代，雨來了，人們便撐起雨傘；如果風雨齊來呢？雨傘難撐了，便穿起雨衣。我倒覺得不如穿上棕蓑。不管雨多大，不管是風雨交加，只需穿上棕蓑，戴上一頂瓜笠，便什麼都解決了，尤其在雨中或風中，如果用力工作，會出汗，穿棕蓑戴瓜笠最適宜。

我小時候便是這麼穿戴的。

顧名思義，棕蓑是用棕鬚製作的。棕是一種常綠喬木，樣子很像椰子，莖圓柱形，無旁枝，葉大，叢生莖頂，葉莖部有毛，包於莖上，稱棕毛，也就是棕鬚，強韌，耐水濕，可用以製繩、帚和棕蓑等。

棕蓑，人形，有上衣和褲子，穿上去，再戴上帽子，便可擋雨了。雨從天上掉下來，落在瓜笠上，跳到棕蓑上，或逕落在棕蓑上，便沿著棕蓑滴落地上。一滴滴雨，如一顆顆真珠。

初穿棕蓑，許會不習慣，毛毛的嘛！醜醜的嘛！但是其實它很有用，可擋風雨以外，冬暖夏涼，是最大特色。

我說它冬暖夏涼是沒錯的。它的棕鬚相當厚，冬冷時不怕寒風吹襲，所以唐代的柳宗元寫出這樣的詩句：「千山鳥飛絕，萬徑人蹤滅；孤舟蓑笠翁，獨釣寒江雪。」夏熱時，因下雨已減低了熱度，加上身體沒被全部包起來，袖子和胳肢窩之間相通無阻，風可自由來去，腳的下半部也露在風中，所以不會熱；如果穿了棕蓑在雨中工作，身上用力所發出的熱量，可以隨時散發出去，不會像穿現代的雨衣那樣，全部鬱積在雨衣之內，包覆全身，越工作越熱，熱得汗流浹背，雨衣外是西北雨，雨衣內是西北「汗」，等工作完，回到屋內，脫去雨衣，所穿衣服也濕淋淋，如淋過大雨，非換不可。

我小的時候，只要逢雨，便都戴瓜笠穿棕蓑的，去放牛，去播田，去除草，去割蕃薯藤，去除田岸草，去拔除稗草，去撿陸螺，去撿樣子……甚至去上學！現代人也許會覺得好笑，但是當時並沒有人覺得好笑。大家都一樣呀！

穿棕蓑出去放牛，還有別的好處，雨停了以後，玩什麼坐著的遊戲，可以當坐墊，好鬆軟好舒服噢！如抓了蟋蟀相鬥，還可以拔一根棕毛，套在蟋蟀的腳上，吊著牠旋轉些時候，讓牠被催眠了，然後放下去鬥，常常可以反敗為勝，只是這樣常要挨父母的罵。為什麼？棕毛越拔越少，棕蓑越縮越小，棕布越來越薄，終至於漏雨，終至於被棄而不穿！

現代人棄棕蓑而不穿，是否因為被我們那些頑皮小孩拔掉了棕毛的關係？我想不是的。是現代人認為穿了醜陋難看又加笨重的關係吧！如果是因為那些頑皮小孩拔掉了棕毛的關係，我也舉雙手贊成，那些頑皮小孩該罵！

賣雜細的

的隆的隆，的隆的隆……

聽！好遙遠好熟悉的聲音！是貨郎鼓發出的吧？循聲看去，果然是！看！那不是貨郎鼓是什麼？小小的，鼓的直徑才五公分左右，用繩子綁著兩個形狀、大小和蓮子差不多的米黃色鼓錘，加上一根約十公分的棒子。

但是，怎麼會在路邊攤上？那分明是賣兒童玩具的攤子嘛！好多呀！它們一個個躺在攤上，有兩個還被一個長瘦的中年男子舉著呢。他正左右兩手，一手一個地高舉著，急急一正一反地反覆轉動著，牽動用繩子綁著的鼓錘，不停地打出鼓點來……。

「來！快來買呀！」

唉，貨郎，貨郎哪裡去了？那是兒童玩具小販，不是貨郎！

是的，這已是一個沒有貨郎的時代。雖然仍可以聽見貨郎鼓的聲音，可以看見貨郎鼓；但是貨郎卻已經失蹤不見了。貨郎鼓已經流落為兒童玩具出售了。

在那個有貨郎的時代，貨郎鼓並不是兒童玩具，只有貨郎才有。只要聽見「的隆的隆」的聲音，便知道貨郎來了，便有人喊叫起來，而且像會傳染，一個傳染過一個，一個比一個喊叫聲更大：

「賣雜細的來了！」

聲音中充滿著無限驚喜。賣雜細的是大家所盼望歡迎的呀！

大家一知道賣雜細的來了，便一個個雀躍萬分，紛紛圍攏了過去……。

所謂賣雜細的，就是貨郎。

貨郎所賣的東西，又雜又細，什麼都有，有如一個活動的小型百貨公司，舉凡糖果、糖葫蘆、餅乾、絲線、鈕釦、梳子、髮夾、茶仔油、胭脂、花粉、布料、紙風車、尪仔標、尪仔仙等等，應有盡有，總之，不外吃的、穿的、小孩玩的、婦人家化妝梳頭用的，只是都是比較細小的就是了。如果需要什麼，他沒有，還可以註文（預訂）了，他下一次帶來，甚至也可請他向各地親友帶話。我印象最深的是，母親最常向他買茶仔油了。他之所以被稱為賣雜細的，道理就在這裡。他賣的東西，又雜又細，應有盡有。

那是一個相當落後的時代，除經濟不好，貨品不多外，道路絕大部分又狹又窄，路面都是泥土、砂石，雖然不至於到「老死不相往來」那麼封閉的程度，但交通不夠方便則是事實，貨品的流通自然較差，不夠暢旺，有需要賣雜細的來搬有運無。他總用腳踏車當交通工具，一個立體方櫃裝在車後架上，左右兩邊較長，是用木板釘起來的，前後則較窄，安裝著透明玻璃門，裡面一個個格子裡放置著五花八門的雜細貨品，可以直視而無礙。顧客看上了哪一樣貨品，他便打開門取售。至於紙風車，則往往綁在車把手上或車後架的櫃子上，豎立在空中，腳踏車一騎動或風一吹，便轉個不停，很有動感，很能吸引小孩子。不管有無騎車，他總是用一隻手，急急一正一反地反覆轉動著小小的貨郎鼓，打出鼓點來：

的隆的隆，的隆的隆……

聽到的人便喊叫起來了：「賣雜細的來了！」

在那個落後的時代，他騎著腳踏車，給那些封閉的村落帶來又雜又細的貨品。是大家所盼望歡迎的。只要他一來，大家便雀躍萬分，便一傳十，十傳百，爭相走告，並且圍攏過去買……。

然後，他又走了。他漸去漸遠，身子漸漸細小漸漸模糊，終於不見了。

是他自己騎著腳踏車走遠了的，也是我們的社會進步，經濟繁榮，把他推遠了的。

是的，我們的社會是進步了，經濟是繁榮了，我們的貨品是越來越多了，多到很多都一批批外銷輸出；道路則越來越寬闊越平坦，柏油路面代替泥土砂石路面，四通八達，深入鄉間農村，田間僻野，車輛越來越多，越大越好，使貨品越來越流通無阻，越來越充裕。那麼，貨郎怎麼可能還在這裡？他載來的雜細貨品，大家都有都容易得到，誰還去向他買？他便失蹤不見了，只留下他的鼓聲，在歲月的流逝中，在路邊兒童玩具攤和兒童的嬉戲間傳響著：

的隆的隆，的隆的隆……。

牛車路

牛車路，多令人懷念的鄉間農路！

路，是到處都有的，不管都市或鄉間，所以供人車行走，便利交通！路，橫的，直的，斜的，彎彎轉轉的，東西向的，南北向的……。

大致說來，越落後越偏遠越未開發的地方，越多泥土路，路越粗糙，越文明越都市越開發的地方，越多柏油路，路越精緻。

台灣的交通，和各方面的發展同時水漲船高，柏油路已經漸漸把泥土路幾乎要趕光了，即使鄉間農村，泥土路都難立足。

我小的時候，柏油路很少，泥土路很多，即使鎮內鬧區都有好些泥土路，至於鄉間農村，那更不用說了。

泥濘路，乾旱時，只要車輛經過，便塵土沖天，迷濛了視線，叫人暫時停止呼吸；雨季時則泥濘不堪，把人獸的腳和車輛的輪子塗上一截泥，濕時是黑褐的，乾了便成了一截白。

泥土路最容易成為牛車路了。

那時交通不夠發達，交通工具以牛車最多，車來車往，全是牛車，尤其是載運農作物最是用牛車了。

牛車，當時擔負著最主要交通工作！

牛車，是用木頭做的，連車輪也是，除車身、輪輻和輪胎內裡都是木頭外，輪胎外表更用鐵皮包裹，牛肩著車軛，連著車轅，拉動車子，走在泥土路上，泥土便被輾凹下去，成為車轍，尤其是載重時候，尤其是雨濕時候，尤其是載重更兼雨濕時候，牛車一趟趟地走，一輛輛地走，一隊隊地走，泥土路便一次次地被輾凹下去，越輾越深：一分又一分，一寸又一寸……。

牛車路的特徵於是出現了：兩條車轍深陷如小水溝，颱風過後甚至可以抓到小魚，中間又有一條不長草的路痕，其他部分幾乎是草……。

坐牛車，讓牛拉著，在牛車路上走，也滿有趣呢！牛，一步步慢慢地走，人坐在車上，邊欣賞鄉野寬闊大銀幕上的綠色美景，接受大自然的薰陶，邊讓笑語、荒唐任意傾瀉、任它慢慢地搖呀搖，慢慢地晃呀晃，多欣爽，多悠閒自在！

「我要坐牛車！」

那時候，特別可以聽到小孩子這樣喊這樣叫，現在則連許多大人也這樣喊這樣叫了。

隨著時代的進步，科學的發達，經濟的繁榮，交通的便利，泥土路已經漸漸被趕往更偏僻、更落後的地區；但是，牛已少了，牛車也少了，牛車路被改為柏油路了，車轍已漸漸被泥土填實填平，將要消失了。唉！

牛車路，多令人懷念的鄉間農路！

猜謎語

「半天一塊碗，落雨落不滿。」

這是我小時候猜謎的謎題之一，猜一項物件。答案是鳥巢。

這謎題，韻押得很好，又很有詩的意味，使人牢記不忘。

鳥巢果真幾乎都築在半空中，並且都像一隻碗，卻因是用草木的枝、莖或葉甚至鳥的羽毛所築，雨怎麼下，再多再大，都漏掉，沒法下滿。

猜謎語是很迷人的一件事。對人腦筋的思考是很有幫助的。多讀書，多經歷，多思考，知其格，熟悉暗藏語法，猜起謎語就容易了。多讀書，多經歷，可使人知識學問的範圍寬廣。謎語的內容本來就廣，不論古今中外，上至天文，下至地理，都是範圍：古文、三字經、四書、五經、幼學瓊林、千家詩、香草箋、詩韻目、聊齋、明聖經、三國演義、字猜、中藥名、群芳、諺語俚俗諺、古今中外地名、國名或人名、影片名、什錦等等，不一而足。其格則有上樓、下樓、脫帽、脫靴、加冠、納履、捲簾、摘頂、求鳳、徐妃、鸚稻、燕尾、碎錦、解鈴、繫鈴、連、飛等等，和暗藏語法一樣，都是猜謎語之鑰；不解其格，即使知識學問再好，恐怕也不容易猜中。且看：

「游魚可數」猜本省地名一，可依一般常識，猜出答案是「清水」。這不難。「東西興起」猜三字經一句，為「春秋作」，則需熟讀三字經和暗藏語法。「雍也可以使南面」猜人名，為「許其正」，就需讀四書了。至於「正是他所應准的」猜人名，如果出謎題的人不加「捲簾」，猜的人不知捲簾格法，要猜出「許其正」來，怕就很難了。後面兩個謎題都是黃永武博士所出；當年我還是大一新生，自己猜了半天猜不出，卻被別人猜走了。

猜謎語，通常在盛會時舉辦，那時最常在元宵和中秋兩節，現在也差不多。總是用紅紙條寫了，浮貼在牆壁上，或懸掛在門限、屋簷、繩索上，也有用口說的，眾人圍著猜，猜中了一聲鼓，主持人便撕下該題紅紙，讓人把獎品送到猜中的人手裡。

猜中的人高興至極！

至於小孩子，可就沒那麼嚴肅了，也不那麼講究了，可在牧場、田野間、休閒時，由一人隨意出謎題，其他的人隨意猜，猜中了，大家哈哈一笑，雖然沒有獎品，猜中的人還是高興非常。

「一邊發（長）一葉，曰（轉）來曰去看不著。是什麼？」

「耳朵！」

「點心著拋掉。是什麼？」

「爆竹！」

「青布包白布，白布包紗梳（梳子），紗梳包味素。是什麼？」

「柚子！」

……

猜謎語，現在還是常常可以見到的。人是好勝的，也是好奇的。猜謎語正是因此迷人。它對思考的訓練有幫助，也可激發人們多讀書，多經歷，擴大知識學問的領域，是寓求知於遊戲的好方法。如果學校課堂裡的教學能這麼有趣迷人，不知有多好？

又見白翎鷥

到東港去，在海坪附近，我又看見了白翎鷥（白鷺鷥）。白翎鷥有十幾隻哪，就在路邊水田裡，這裡一隻那裡一隻地，立成了一小簇亮白。

打距舊居約三公里那片棲息白翎鷥的竹林被砍去後，我沒看見牠們已經好久一段時日了。是牠們沒有好棲息的地方，都飛走了；也是農人在農地上施用農藥，給毒死了；至於人們獵殺的，雖然有，卻不是主因。

小時候，白翎鷥好多！牠們總是一大早就飛到田野裡去討食了。是成群的，在田裡，一群群便是一片片雪，各自覆蓋著田地的某一部分，好亮好白！落田時（水田從耕犁到插秧這段期間）尤其多，田裡總是被牠們覆蓋成這裡一片雪影那裡一片雪影的。這段期間，農人耕地，把牠們喜歡吃的蚯蚓、螻蛄、草蜢、蟋蟀、土伯仔、雞母蟲、青蛙等等的躲藏處給犁翻了，紛紛在田裡爬行或跳躍；牠們在田裡巡行，只要見到，伸長頸子，彎身張嘴向下一啄，便吞下肚子裡去了。有時牠們也在牧場上，靠近尾隨著牛，或站在牛背上，牛一走動，一吃草，驚起牠們的食物，牠們也給「嘴」到擒來。

白翎鷥是可愛而馴良的。有時候，看出了靠近的人沒有傷害牠們的意思，牠們便連飛都不飛走，照樣討食不誤，悠閒自在。有人用陷阱去放，抓回家，也可以馴養。

最令人激賞的是牠們的飛翔。牠們的身子本來就瘦、高、長，像極了鶴，一飛起來，頭頸直伸向前，兩腳放在尾下，兩隻長翅膀緩緩拍動，身子便像彈簧，全身彈動起來，緩緩飛升，緩緩飛前，那姿態，那動作，有著無限悠閒自在！

「白翎鷥，作尾後的（飛最後的），就予死！」

每當黃昏，夕陽將落，牠們便成群由東向西飛，要飛回牠們棲息的竹林。於是，天空中有一群群白翎鷥的白影緩緩飛過。不管在田裡，在牧場，在屋前埕裡或屋後園裡，只要看見，我們便一起望空中這麼大聲朗誦。是心裡的期望使然？還是錯覺？只要這麼一大聲朗誦，牠們便彷彿飛得更起勁更快了。

那片竹林距舊居約三公里，在稻田中間，應該有路可通的；但是我們卻一直沒有去過。不知怎麼搞的，我們小孩子那時竟沒有人想去探一探險？大概是太遠了些，當時交通不便，車輛少，打赤腳走路去沒有人願意吧！不過，那地方陰深了些倒是事實，我想主要是這緣故吧！大家不敢去，大人也不讓去，後來，我讀初中，有一段時間每天要從竹林外約一公里的一條大路來回走兩趟，卻也沒有想到要過去探一探險。

後來那片竹林被砍伐了。我那時負笈台北，也鬧不清確實時間。白翎鷥就飛散了。樹倒猢猻散嘛！大家都這麼說呀！這時，也正好碰上農田大量被施用農藥的時間，白翎鷥曾有一段時間是沒看見了，最近才又出現。這是可喜的事。是農田用藥少了！與生態保育的意識深入人心大概也有關吧！

打野球

正是棒球熱季，從少棒而青少棒而青棒而成棒，有軟式棒球也有硬式棒球，我們有好幾支球隊都在異邦比賽。雖然不免有「失蹄」，但是大部分都打得很好，各在各級棒賽中揚威世界……。

棒球，我最初知道接觸時叫做野球。那時台灣剛光復。是日據時代沿用下來的名稱。日本人稱棒球為野球。至於為什麼叫做野球，許是棒球有內野外野之分吧！許是棒球場地大，有些像曠「野」吧！還是另有典故？這我可不知道了。

「打野球去！」

「好！走吧！」

這對話是那時常常聽到的，到現在仍然好像聽到它們從記憶中傳來。只要聽到這對話，便可預測，接著即將有一場棒球賽的龍爭虎鬥可看。

球場，只要有空曠之地便可以了，最常見的是在牧場裡。各壘是用石頭、磚塊、土塊或就地畫圈來當的。手套則依使用的球來決定。球或為皮球或為卵石。球用皮球時，根本不用手套，直接用手去接就可以了，手不會受傷的。球用卵石時，則用椰子或菁仔（檳榔）的乾甲葉來當手套，不然手很有可能受傷。球棒是短木棒或短竹棒，常常打卵石打到裂了仍在用。當年世界冠軍級日本少棒隊到台灣來，認為可以秋風掃落葉之勢，全勝而歸，卻被台東一個小小的紅葉國小少棒隊給打得鎩羽而歸。大眾傳播媒體報導，說他們是用石頭、木棒練出來的，有人認為太誇大其詞，依我小時候打野球的經驗，我相信是可能的，不是誇大。

「好球！」裁判大叫著。裁判當然是從我們小孩子裡產生的。雖然沒有經過棒球裁判的訓練，他卻掌握著球賽的進行和勝負的大權。他當然要依規則來裁判。雖然不是什麼正式的或標準的大賽，卻也是有規則的。人世間所有活動都是遊戲，上至國家元首的交接、國慶大典，下至我們小時玩的非常非正式的打野球，都需要規則；否則遊戲便沒法進行。

「壞球！」另一個球投過後，他又大叫。

「界外！」

「接殺！」

「封殺！」

「四壞球保送！」

「三振出局！」

「二壘安打！」

……

投球。接球。擊球。……

球過來。球過去。……

人跑過來，又跑過去。……

喊聲。叫聲。笑聲。……

加油聲。嘆惋聲。……

撞倒了？沒關係！爬起來！再來！……

打輸了？沒關係！會贏的。再來！

汗流了。膚裂了。全身泥污了。曬黑了。過了回家吃飯的時間了。……管它的，打野球重要！玩遊戲，要全心投入，全神貫注！

力量在發揮。情趣在流漾。歡笑在綻放。快樂在騰躍。健康在成形。……啊。孩子在長大！

沒有刻意去培養，去訓練，只是一種遊戲，一種醉心，任其自然發展。當後來有一天，我們飄洋過海，在異邦比賽，揚威世界，打野球被稱為打棒球，所有設備也隨我們的經濟成長，很是完備，很是現代化。那一段打野球的日子，那些簡陋的用具，那些投球、接球、擊球，那些奔跑，那些叫喊、歡笑、嘆惋……則已經進入回憶，成為堪以搜尋的履痕。

蟋蟀和土伯仔

天氣漸漸熱起來了，蟋蟀和土伯仔也跟著漸漸多起來了。

蟋蟀和土伯仔是我小時候的寵愛物，到處可見，牧場上尤其多。牠們是最鄉土的，是田園的家族。

土蟋蟀，台灣話叫土伯仔。大家都知道，蟋蟀會叫，善鬥，卻少有人知道土伯仔也會叫，善鬥。——至少土伯仔的會叫，善鬥，沒有蟋蟀那麼出名。其實，土伯仔會叫，善鬥，並不亞於蟋蟀。

蟋蟀和土伯仔都是在春日裡出現的。

那時候，牠們小小的，像一隻小草螟，卻沒有翅膀，總躲在土洞裡，不時爬出來討食。

隨著時間的過去，天氣的轉熱，牠們便慢慢地長大，翅膀也慢慢地長了出來，大約在夏天，牠們的翅膀長成了，公的開始鳴叫了。長成的蟋蟀，有黑色的和金色的兩種，公的和母的都一樣，小指般大，小指的一半長；土伯仔則比蟋蟀大了差不多一倍，母的是灰色的，公的是赤土色的。

蟋蟀洞口通常是沒有什麼遮蓋的，土伯仔的洞口則總是用一小撮鬆鬆的新土遮蓋著。公的蟋蟀整天在洞口附近鳴叫，公的土伯仔則喜歡在傍晚時分，把遮蓋的泥土移開，然後在洞口前，一聲連一聲地鳴叫。

其實，不是所有的蟋蟀和土伯仔都鳴叫，母的翅軟不鳴叫，公的翅硬，才鳴叫。田園交響曲中，音量最大的恐怕就要數牠們了。牠們的鳴叫，是在求偶。只要公的一鳴叫，「有意思的」母的便會循聲而來，進行神聖的交配工作。牠們的鳴叫是藉翅膀的磨擦發出來的。聲音深富陽剛之美，清亮怡人，有如西洋樂器中的小喇叭。印象最深的是，牠們常常成群地鳴叫。身入其中，有如進入千百小喇叭聲陣中，四周都圍繞著牠們的小喇叭聲，耳膜幾乎要被震破，只覺嗡嗡不停，尤以土伯仔為然。好在牠們怕人，只要見到人，牠們便停下小喇叭的吹奏，躲進洞裡，待人走了，牠們才又爬出洞口，擎起小喇叭。因此，人在其中，雖然總是籠罩在牠們強烈的小喇叭聲陣裡，卻不致被陣破耳膜。

提到牠們的鳴叫，不禁又聯想到牠們的打鬥。

鬥蟋蟀是大家耳熟能詳的事，土伯仔能鬥則少有人知；其實土伯仔也很能鬥。蟋蟀在什麼地方都能鬥，土伯仔則一定要在土裡。在地面挖條小土溝或挖個小土洞，放進土伯仔，牠們會急匆匆地跑，或不住地挖土，碰了面便鬥得死去活來。

蟋蟀和土伯仔相同的是：只有公的會鬥，鬥時鳴叫不已，尤其鬥勝的在鬥勝後，必定耀武揚威地鳴叫出凱旋曲來。牠們要會鬥，唯一忌諱的是，不能碰水；一碰水，便是軟腳蝦，不會鬥了。

蟋蟀，聽說世界上有些地方是吃的；我們沒吃過，能不能吃，不敢隨便說；土伯仔我們則吃。平時用水灌，雨時則常常可以隨手撿到。牠們怕水，只要水到，便自動跑出土洞外。颱大颱風，下大雨，牠們總是爬得到處都是：田埂、路面、小草上、甘蔗上、灌木上……甚至爬進人家屋裡。蟋蟀沒有人撿，土伯仔則大家爭相撿拾。撿了土伯仔，可以煮了吃，最好的是用油鹽炒，好香，好好吃，令人垂涎。

當秋來，天氣漸漸涼了，蟋蟀和土伯仔便漸漸少了；冬天一到，牠們便不見了。

割草

有過割草的經驗。

那是小時候的事。是割給牛吃的。

牛不是放牧就好了嗎?為什麼還要割草給牠們吃?

不錯,牛是吃草的,只要有牧場放牧,吃草就好了,而且我小時候也確實有一個大牧場讓我放牛;但是,我仍然要割草給牛吃。這,你可能沒法了解。我且從頭說起吧!

我在鄉間農家出生,也在鄉間農家長大,幾乎所有農事都做過,其中以放牛最多。小孩子嘛!放牛,有一個約五十甲的大牧場,距我家約三百公尺,相當方便。每次放牛,我總把牛鬆了綁,把牛繩拴在牛角上,任由牠們自行到牧場,自行吃草、喝水、翻水、鬥角、做青春的遊戲,並且自行回家;我則和童伴們玩我們的,很少去管,可以說方便、輕鬆而好玩。如果每天都這樣,那就好了;可惜不是。

牛有四個胃，平時吃東西便儲存起來，不吃東西時便不停地反芻；因此，牛吃得再怎麼飽，都很快會把食物消化掉，很快就餓了。於是，晚上需要「放草」給牠們吃，尤其農忙時期，牠們體力消耗得多，又沒空去吃東西，一直邊工作邊反芻的結果，肚子更餓，更需要利用早、午、晚等時間吃草。草從何來？主要的是乾稻草。在稻子收割時，農人們早已有所準備，把乾稻草給儲存起來了。那就是當時鄉間到處可見的稻草墩。儲存乾稻草，可以當柴火，可以綁火龍子，可以結草繩，可以編草鞋，也可以給牛吃。當然，給牛吃是最主要的作用。但是，有時會不夠的，尤其稻草墩沒堆疊好，讓雨水從中心樁灌進去，整個腐爛了的時候，乾稻草便不夠給牛吃了。這時，割草便很重要了。

牛和羊、兔一樣，見青就吃，而且牛更好侍候。羊、兔怕水，吃到有水的東西便拉肚子，牛則不會。在鄉間，牛可吃的東西多了，所有的草、花和農作物等等，牠們都吃，毫不避諱。為了挑擔搬運方便，短的草像土香、鐵線藤及路邊小草等，是不割的。割草的對象要長些，大概最常割的是水草（颱風草）、菅草、芒草、蘆竹菜、白花菜、紅花菜、牛頓鬃（蟋蟀草）等，當然蕃薯藤和甘蔗尾更好，但不是隨便可以割的，必須不妨礙它們的生長。那只是偶然的幾次，主要的是收穫時期。

割草的草場在哪裡？主要的是牧場、水溝邊、田岸、蔗園、麻園、蕉園、果園等佃地（旱地）。那是很辛苦的工作。腰酸背痛，汗流浹背，被刀割傷，乃是常事。草芒、草葉也會割人肌膚，割草的人常常被割得膚裂飢傷、全身不舒服，碰到水更是疼痛不止。那些地方又較陰濕，乃毒蛇、蜈蚣會聚之所，危險！青竹絲的顏色和草、樹的顏色幾乎相同，可能最無法辨識最危險。至於割好了，挑擔搬運回家，也常常使割草的人雙肩腫痛不已。可是，為了愛護牛，草還是要割。

好在隨著農業機械化的推展，牛少了，不但不須放牛，割草也免了。可是，有時想起，卻也是一種堪以回味的事。那也是斑斑履痕之一！

放伯勞

又是一年一度伯勞南徙的季節。好多伯勞來了。牠們一群群地飛翔而至，口中聒聒地叫著。恆春半島最多了。大眾媒體又要開始熱鬧地報導伯勞和燒毀鳥仔踏的情形，並且大事譴責烤鳥，呼籲大家不要獵殺，多予保護，以維護自然生態了。

伯勞這種鳥，在歷史上出現得很早，最早有文字記載的可能是在詩經上。牠們不大，差不多鶺鴒大小，身長約十八公分，全身羽毛灰色，過眼線黑而闊，喙堅硬銳利，腳爪也是這樣，人被啄抓，往往皮開肉綻；不過人不侵犯牠們，牠們是不啄抓人的。牠們是一種益鳥，通常捕捉農作的害蟲為食。每年九、十月南飛到台灣，農曆白露前後最多，恆春半島尤然，然後往南飛去，不知所之。有人傳言，農曆白露過後，牠們的腦中便生蟲，自然死亡。是否真有此事？是很可疑的。如果真的這樣，明年的伯勞哪裡來？屏東縣某省議員在省議會上提出這一說法，主張不要禁止獵捕伯勞，否則不捕白不捕，不烤鳥白不烤鳥，不吃白不吃，曾被引為笑談。

獵捕伯勞，用的是鳥仔踏。這和放其他鳥類不同。伯勞有一種與眾鳥不同的習性，喜歡站在獨立的樹幹或竹竿頂端。據說是牠們飛行太遠太久，需要獨自休息，不與其他伯勞在一起，以免被擾。獵捕者知道牠們這一特殊習性，便製作鳥仔踏來放。放其他鳥類都需要餌，或為蟋蟀，或為土伯仔，或為螻蛄，或為草蜢等等，不一而足，一如釣魚或放魚之需要其他的餌，放伯勞則不用餌。鳥仔踏是一根比一個人高些的竹竿，頂端開口，削去竹片，只剩相對兩片不到四分之一的竹片，一片穿以小孔，竹竿同面約距離地面四分之三的地方，挖以小孔，向下或平插入小竹棍，末端綁細繩，牽上來穿過竹竿上方那片竹片預穿的小孔，打上活結，平放在卡住細繩的小竹片上。竹棍和細繩正好繃緊如弓。伯勞看見這一獨立竹竿，喜孜孜地飛過來，準備好自休息，相對的兩片竹片太細，不好踩，往卡住細繩的小竹片一站，竹片掉下去，細繩鬆卡，繃緊的竹棍往外彈去，活結正好綁住隨小竹片下墜的伯勞。這下伯勞飛不出去了。只得在那裡掙扎，聒聒而叫。放捕伯勞的人來了，正好手到擒來。

雖然距離恆春半島七十幾公里；但是我住的地方是在恆春半島的外圍，地緣關係深，伯勞不少。小時候，放伯勞也是我們小孩們喜歡的遊戲之一。看見伯勞被吊在鳥仔踏上，那時心中只覺得無限高興。那時，我們的經濟不好，能夠放捕到伯勞來打牙祭，自然高興。哪會想到現在生態保育上的問題？不過，要把吊在鳥仔踏上的伯勞鬆綁，抓起來，卻也不簡單，常常要被牠們的尖喙利爪啄抓得皮開肉綻，鮮血淋漓。

去年十月中到台北時，在北部平鎮鄉開設「鄉土農園」的潮州老鄉老友徐燕騰，曾告訴我，生態保育工作，我們應該要做，尤其許多稀有動物更該予以保護；但是對伯勞，可以畫定一定範圍，讓年輕人去放捕，一方面可以消耗年輕人過剩的精力，不會去做不正當的事，鍛鍊強健的體魄，另一方面則可以使年輕人知道所謂鳥仔踏是怎樣的東西，伯勞又是怎樣的東西，至於對老一輩的人，也可以讓他們溫習一下，尋尋以前的履痕。古代聖王曾經開闢過類似的畋獵區；現在我們開闢，並無不可。尤其是伯勞多，只特定地在某區放捕，並不影響其生態。如要進一步培養大家對生態的愛心，可以鼓吹放生。……這說法行得通否？我不敢必也。

打棉被

農曆七月，俗稱鬼月，民間相傳，諸事不宜，結婚乃人生大事，更為人們大忌，一般稱這個月為結婚淡季。這個月一過，結婚之事馬上回復，並且很快進入熱季，棉被生意跟著活絡起來。

現在的棉被殊雜，自原子被、龍類被出現後，真正純棉被已退居其次了。原子被、龍類被，主要取其輕柔溫暖，已漸漸取代厚重的棉被了。其實，純棉被較透氣，沒有窒息感，乃原子被、龍類被所不及，各擅勝場，不能遽以論斷其好壞。

是的，棉被是厚重的，六斤的、八斤的、十斤的……越重越蓋得燒（暖）。厚重，蓬鬆，佔地方而外，棉被之所以競爭不過原子被、龍類被，一個更重大的原因是，每一兩年要翻打一次。這才是致命傷。現代人，大家忙碌非常，哪有那麼多時間去麻煩這事？

但是，那個時候沒有原子被、龍類被，麻煩又能奈何？其實，都是打棉被的人到家裡來收，打好了送來，也不是很麻煩到哪裡去。他們總是在夏日裡，就騎了單車（後來改用機車），挨家挨戶去問：

「棉石硬了吧！要翻不？」

看見棉被太薄太壞了，他們便提出建議：

「打一床新的好了！」

碰到人家不打新棉被，他們又提出新建議：

「加三斤好了。」

「好！」

確實，棉被用久了，尤其如果常常去壓，會變硬了，蓋起來，保暖的效用便小了。這時便需要拿去打過，翻過，使它蓬鬆起來，增加保暖效用。

於是，打棉被的人一趟趟地來，一趟趟地載走舊棉被……。

打棉被的人把人家的舊棉被載到店裡，便拆了棉線，放到棉被床上，開始打起來。他背著一個沒有彈性的木製大弓，綁緊弦，讓弦的部分在前方；打時，弦觸棉紗，一手取短木棒敲打弦，藉著弦的彈力彈鬆棉紗。短木棒敲打在弦上，會發出微小的「碰碰」聲，那樣子，好像他在彈特大號的月琴，只是發出的不是月琴聲，卻彈得滿屋子到處是極薄的棉絮。那棉絮，又輕又薄，是天空中的稀薄浮雲？還是棉花糖細屑？誰曉得？

打好以後，打棉被的人便安上棉線，使被打鬆的棉紗固定下來，成為一床床簇新的好棉被，滾捲起來，送到各家，交給主人。

那是冬天禦寒的寶物，可惜被現代的原子被、龍類被給擠去了不少，成為其次了。唉！

香火袋

時序不住輪轉，一進入農曆七月，頸項間佩掛著香火袋的人就增加了很多。平日不是沒有佩掛，也見到過；但是一進入農曆七月，佩掛的人就多了好多，較為突顯，尤其是小孩子。

民俗拜拜佩掛香火袋，除端午外，大致在農曆七月，計月初有一次拜拜，七夕有一次拜拜，月中（中元）有一次拜拜，月尾有一次拜拜，拜拜後都有佩掛香火袋的習俗，延續到農曆八月十五中秋再佩掛一次，以後其他的節日便少有人佩掛了。

香火袋是用紅布縫製的，普通是方形小袋，內包香灰，一般金飾、玉飾般大小，人們喜歡在農曆七月裡製作了佩掛在頸間，是一般傳言這個月是鬼月，鬼門關大開，群鬼到人間亂舞，多少會「抓」了人去，佩掛了可以避邪，鬼怪不敢入侵，小孩子比較弱小，更需佩掛香火袋，以為保護。

那是我小的時候，迷信氣息相當濃厚，科技文明不夠發達，佩掛香火袋相當流行，每到俗稱鬼月的農曆七月，家家戶戶拜拜，拜完了便給小孩子佩掛上去。（端午和中秋的佩掛，大概是鬼月的延伸吧！）也有以穿了孔的銅幣、鎳幣代替的，那大概是和佩玉、戴金可以避邪相同的說法吧！

是否佩掛著香火袋真會避邪？佩玉、戴金或許有些作用，我不得而知；但是說佩掛香火袋會避邪，恐怕不可能。那只是一種心裡作用。大家都說佩掛香火袋可以避邪嘛！我既然配掛了，必然可以避邪，鬼怪不敢近，我安心了。就是這樣！

其實，這是比較迷信的說法。最早佩掛香火袋，應該是為了繫念祖先。佩掛了祭拜祖先後的香灰製成的香火袋，便等於有祖先在我前後、在我左右了。有祖先在我前後、在我左右，那是一種多麼親切的感覺呀！那又是一種多麼安全的感覺呀！我們中國人是最知道飲水思源的民族，也是最重孝道的民族。佩掛了香火袋便是在意識上和祖先同在，生死不分離，常思回饋祖先。後來這層意思慢慢演化，變成了佩掛香火袋是用來保護自己的。佩掛了香火袋，祖先便會因為我們的孝思，福蔭我們，保佑我們平安。很多人遠行，或到比較危險的地方，常常佩掛了香火袋，用意就在這裡。日本據台時，很多台灣青年被強迫徵召到南洋到菲律賓去，他們的父母（如果已娶妻的，可能是他們的妻子）會特別製作了給他們佩掛或放在衣袋什麼地方的，就是這個作用。

於是，很多人製作了佩掛，從古早的時候，一直到現代，尤其是俗稱鬼月的農曆七月……。

我比較不贊成只為保佑自己而製作佩掛香火袋。我比較贊成為了繫念祖先，回餽祖先，為了孝。如果為此，那麼，製作佩掛吧！讓香火袋，袋袋有意義，並且代代相傳，風習不衰……。

土柚情

從農曆七月初便開始有柚子吃了，直到中秋達於最盛；然後，漸漸少了，沒有了。

說是文旦最好，而文旦又以麻豆的最好；從幾年前麻豆的文旦得病以後，便漸漸沒落了；後來有斗六的文旦出現；今年又出現了所謂正坤西施柚，比文旦大了些，而且更飽水多汁。說是泰國來的。但是，據我所知，泰國柚沒有這麼小。那麼，果真從泰國來的？我未之知也。

如果沿時間之河，逆流而上；那麼，文旦柚前是什麼柚？

我可以肯定地說，是土柚。

那時，大家都種土柚的，很少例外，我舊居屋後就種有一棵。

它就種在我舊居家屋的東北角，連著豬舍的牛欄西北角，現在已長出了高二十公尺的一棵椰子和郁郁菁菁的一棵蓮霧、一棵楊桃。它不像文旦那麼「小家碧玉」、「金枝玉葉」，是「壯碩大漢」、「粗枝大葉」的。最盛時，它的覆蔭直徑約三十公尺，當然高也差不多。何其大也！

這顯然很容易讓人想到，它的樹下是我們小孩子玩耍和大人們工作的好地方。我們在那裡玩過許多遊戲，譬如跳房子、跳橡皮筋、踢空錫罐子、捉迷藏、相撲、跳繩、打玻璃珠、打甘祿（陀螺）、下棋、灌土伯仔、鬥蟋蟀、盪鞦韆等等，享受許多歡樂時光，濺灑許多叫笑哭鬧。大人們則利用那地方來工作和乘涼，譬如剁陸螺、絞繩（編麻繩、草繩）、夏日乘涼、講古（故事）、說荒唐、剁豬菜（蕃薯藤）、劈柴、放牛車等等，創造許多成績和情趣。

不管是大人是小孩，人們之所以會利用那棵土柚樹下，乃因為它有那麼一大片覆蔭；尤其是夏日裡，燠熱難當，人們沒處逃躲，更往裡鑽。覆蔭既廣，土柚葉又大，遮陽功用大，鳥雀常來棲息歌唱，也使人們可以觀賞、聆聽不盡。

土柚的花很香。那種清香和菁仔、薑花、野薑花的香味很近似，和玉蘭花、樹蘭、百合、夜合的香味也是同類。每到土柚花開，土柚附近便花香四溢，撲人鼻息，引來許多蝴蝶、蜜蜂飛繞其間。土柚花除花蕊稍黃外，全是純白的，開花期間，整棵土柚樹上，便點綴著點點簇簇白雪，極為醒目。蝴蝶、蜜蜂傳粉過後，漸漸地，柚子的果實結出來了，花瓣花蕊便落得滿地都是，枯萎變黃變褐，又成了另一特殊景象。

土柚的果實，剛結成時是很小的，圓形，像栗子，但綠色，漸漸脹大起來，越脹越大，到農曆七月可以採食時，皮已經由綠色轉為黃綠，光光滑滑的，有斗的直徑那麼大，所以一般又稱為斗柚。吃時要去皮。先把靠近蒂的皮切去，然後用刀子在黃綠色的皮上畫幾刀，用手沿著刀痕去剝皮。柚子的肉成梳，每梳有好多梳米，飽滿多汁，味道既微甜又微酸，橘味極濃。小時候從農曆七月到中秋之間，土柚是大家的嗜食物；那時食物較缺乏，更為大家所寵愛。

通常剝土柚的皮，都會特別留意剝得完整無缺。完整無缺的柚皮，一個正好是一頂帽子，小孩子們頂喜歡戴的。其實，戴了有什麼好？只是好玩而已，只是招惹來大家爭相敲他的「憨頭」而已。至於不當帽子玩或當帽子玩膩了，便把皮剝成一瓣瓣，以其中一瓣為車體，裁其他瓣的柚皮為四個圓形車輪，用燒過香的香腳為車軸，裝在「車體」上，製成四輪車，用繩子拉著，在地上拖著走，也別有一番興味。

是我負笈台北的時候，這棵土柚太老了，自行枯萎死去了。它便這樣走進了我的記憶中，成為我搜尋的履痕之一了。也好奇怪，怎麼其他土柚也都差不多在那時不見了？是它們事先說好了的？還是造物下的令？我被攪糊塗了。現在我只能致以深深的懷念了。

堆肥

屢傳垃圾大戰，屢傳土地變質，每次聞知，我便常常想起當年的堆肥。

現在要製作堆肥已經是比較不容易了。石頭、磚塊、石棉瓦、玻璃片、鐵片、鉛皮、尤其是塑膠製品等不易腐爛的垃圾急遽增加的結果，已經使現在垃圾的體質改變了很多。用這些垃圾來做堆肥，是不可能的，也只有難產之一途。

垃圾分類是最近才出現的說法；其實老早就有了。製作堆肥一定要做好垃圾分類的工作，把那些不易腐爛的垃圾撿除。小時候，不易腐爛的垃圾少，大家也嚴守不讓不易腐爛的垃圾進到堆肥場，偶爾小孩子懶惰或不注意，讓那些不易腐爛的垃圾放進去，都要被大人責罵。在那種情形下，堆肥的製作便簡單容易了。

其實，那時製作堆肥，垃圾只是其中的一部分，牛吃剩的乾稻草、枯萎或腐爛的樹葉、木屑、雜草、禽畜的糞便甚至人的尿屎，可能更是主要成分。

堆肥場通常是挖坑，大者如魚池，加蓋一個屋頂，以免肥分被雨水流失，被太陽曬失，將平日掃除的雜七雜八的垃圾、牛吃剩的乾稻草、枯萎或腐爛的樹葉、木屑、雜草、禽畜的糞便和人的屎尿放進去，混雜一起，日積月累便多了，日長月久便發酵腐爛了，自然生成堆肥。為了催化發酵腐爛，保持相當濕度是必要的，通常用的是禽畜的糞便和人的屎尿。禽畜的糞便以牛大便為大宗，雞、鴨、狗、貓、羊、豬等的也有，如果不夠，還到牧場、路上去撿拾。人的屎尿則存在不是化糞池（當時根本沒有化糞池）的茅廁裡。當年牛欄、豬舍、茅廁都和堆肥場建在一起，就是這個道理。方便也！如果這些還不夠，甚至還澆水呢！

那是一個大雜燴，放置時日一久，那些雜七雜八的東西，經過發酵作用，自然變成了堆肥。

要用時，挖出來，是鬆軟的，暗赤色的，肥分極高，施用在田裡又能持久，做底肥最好。這是天然肥料，不是化學肥料。化學肥料有如特效藥，施下去立刻見效；但是肥分很快便過，施得多，施得久，可能使土地變質，酸鹼度不平衡，惡性循環的結果，可能損及作物。天然肥料則否，施下去，肥分高而持久，作物每每長久烏黑，長得茂盛，收成好，最重要的是不損及土地，地利可以正常發揮。

無奈現在垃圾的體質已經改變，石頭、磚塊、石棉瓦片、玻璃片、鐵片、鉛皮而外，最令人頭痛的是塑膠製品的急遽增加，人們又怕髒怕臭，即使農家也少有養豬養牛的，化糞池處處，製作堆肥已不容易。解決垃圾問題，請家戶做垃圾分類，將容易腐爛的垃圾用來製作堆肥，應是一舉兩得的事，可以考慮。

觀水蛙神

總是在中秋之夜，我們觀水蛙（青蛙）神，在我小的時候。

觀水蛙神，為什麼一定要在中秋之夜？我一直想不通。有人說，它和土地公有關。祂是一方土地之神，那一方土地裡的諸多生物都是祂管的，水蛙自不例外。中秋是祂的生日，祂喜歡看水蛙跳躍，夜裡慶宴已過，空閒多，更喜歡以此為樂，真品水蛙跳躍看之不足，看人模仿水蛙跳躍更是賞心樂事，乃有觀水蛙神之事出現。

那是相當多神話、傳說充斥的時代。對中秋，民間有許多傳說，除殺韃子的故事外，最盛行的是說，中秋是土地公的生日，為了作弄祂，除月餅外，大家用糲糬來祭拜，來黏祂的嘴鬚（鬍子），用小竹竿夾金（冥紙）香插在田地裡「賄賂」祂，請祂多照顧田地，勿為鼠類、蟲類所害，並且觀水蛙神。

「觀」這一個字，在台灣話裡，除了「看」的意思外，還有「作法」使乩童發作的蘊意。那時，每到中秋之夜，幾乎所有鄉下農村的人們一個個都投入了這一「觀」的遊戲裡。「看」的是「觀」，「作法」的也是「觀」。

總是在傍晚開始的。大部分是在晚飯後，有些則在晚飯前甚至不吃晚飯就開始了。點香祈拜後，扮水蛙的端坐在地上或小板凳上。「觀」的人則在旁邊，揮舞著三炷點燃了的香，敲著木板或石塊，口中唸唸有詞，四個字一頓，反反覆覆地唸著，叶韻工整，聲音鏗鏘，節奏有致，和著敲擊聲和裊裊的「香煙」：

「水蛙仔神，水蛙仔發，我若來觀，你就來發，發發發發，發發發發……。」

這時候，月光正亮。整個時間和空間都浸浴在中秋的明亮月光和有節奏的「觀」聲裡。彷彿大家都浸浴在一層濛濛的薄霧中。彷彿薄涼的空氣都要被「觀」聲震發起有節奏的律動。彷彿草木和人們都要跟著一陣一陣的「觀」聲而震動起來……。

時間慢慢地流過去，終於，扮水蛙神的有人被「觀」得發作起來了。

他往前直跳而去，像一隻水蛙。後面跟著一大群看熱鬧的「觀」者，加油添醋地吆喝。碰到積水的地方，他便會一躍而下。好在後面跟了一大群人，會立刻給拉起來，不讓跳下去；不然便整身是濕，太深的地方恐怕就不好……。

傳說裡，扮水蛙神的人，八字重的比較「觀」不起來，八字輕的比較「觀」得起來。是否這樣？我不敢肯定，但根據人家的經驗，有這現象。我是從來不被「觀」的，人家也不願「觀」我；因為我的八字重！我總是當看的「觀」者。持另一種反對的說法的人則說，被「觀」的人是因為閉著眼睛坐太久打瞌睡，作起夢遊來，才會如此。若是這樣，被「觀」得發作起來的恐怕就不會多了。這也有可能。即使那時大家熱衷於那遊戲，我卻只看過兩次被「觀」的人發作起來。不過被「觀」的人打瞌睡夢遊，倒跟催眠術有很密切的關係。是否那是一種催眠術？「觀」人的人是否懂得催眠術？那時我根本不知道有催眠術其事，未加留意，不知其關係為何。現在又不見有人做那種遊戲了，要留意、研究已不可得了。

是的，要留意、研究已不可得了。現在已不見有人做那種遊戲了。

釀文學32　PG0612

打赤膊的日子

作　　者　許其正
責任編輯　鄭伊庭
圖文排版　陳宛鈴
封面設計　陳佩蓉

出版策劃　釀出版
製作發行　秀威資訊科技股份有限公司
114 台北市內湖區瑞光路76巷65號1樓
電話：+886-2-2796-3638　傳真：+886-2-2796-1377
服務信箱：service@showwe.com.tw
http://www.showwe.com.tw
郵政劃撥　19563868　戶名：秀威資訊科技股份有限公司
展售門市　國家書店【松江門市】
104 台北市中山區松江路209號1樓
電話：+886-2-2518-0207　傳真：+886-2-2518-0778
網路訂購　秀威網路書店：http://www.bodbooks.com.tw
國家網路書店：http://www.govbooks.com.tw
法律顧問　毛國樑　律師
總 經 銷　聯合發行股份有限公司
231新北市新店區寶橋路235巷6弄6號4F
電話：+886-2-2917-8022　傳真：+886-2-2915-6275

出版日期　2011年9月　BOD一版
定　　價　250元

Printed in Taiwan

國家圖書館出版品預行編目

打赤膊的日子 / 許其正著. -- 一版. -- 臺北市 :
醸出版, 2011.09
面； 公分.
BOD版
ISBN 978-986-6095-38-2(平裝)

855 100013746

讀者回函卡

感謝您購買本書，為提升服務品質，請填妥以下資料，將讀者回函卡直接寄回或傳真本公司，收到您的寶貴意見後，我們會收藏記錄及檢討，謝謝！如您需要了解本公司最新出版書目、購書優惠或企劃活動，歡迎您上網查詢或下載相關資料：http:// www.showwe.com.tw

您購買的書名：______________________________

出生日期：________年________月________日

學歷：□高中（含）以下　□大專　□研究所（含）以上

職業：□製造業　□金融業　□資訊業　□軍警　□傳播業　□自由業

□服務業　□公務員　□教職　□學生　□家管　□其它_____

購書地點：□網路書店　□實體書店　□書展　□郵購　□贈閱　□其他

您從何得知本書的消息？

□網路書店　□實體書店　□網路搜尋　□電子報　□書訊　□雜誌

□傳播媒體　□親友推薦　□網站推薦　□部落格　□其他__________

您對本書的評價：（請填代號　1.非常滿意　2.滿意　3.尚可　4.再改進）

封面設計____　版面編排____　內容____　文／譯筆____　價格____

讀完書後您覺得：

□很有收穫　□有收穫　□收穫不多　□沒收穫

對我們的建議：______________________________

____

____

____

請貼
郵票

11466
台北市內湖區瑞光路 76 巷 65 號 1 樓
秀威資訊科技股份有限公司 收
BOD 數位出版事業部

....

（請沿線對折寄回，謝謝！）

姓　　名：________________ 年齡：________ 性別：□女　□男

郵遞區號：□□□□□

地　　址：____

聯絡電話：（日）________________（夜）________________

E-mail：____